KODJO

DU MÊME AUTEUR

*Enfer blanc*, Belfond, 2019 ; 10/18, 2020

MAX ANNAS

# KODJO

*Traduit de l'allemand*
*par Mathilde Sobottke*

belfond

Titre original :
*ILLEGAL*
publié par Rowohlt Verlag GmbH, Reinbek bei Hamburg, Allemagne

Retrouvez-nous sur www.belfond.fr
ou www.facebook.com/belfond

Éditions Belfond,
92, avenue de France, 75013 Paris.
Pour le Canada,
Interforum Canada, Inc.,
1055, bd René-Lévesque-Est,
Bureau 1100,
Montréal, Québec, H2L 4S5

ISBN : 978-2-7144-8085-9
Dépôt légal : octobre 2020


Cet ouvrage a été proposé à l'éditeur français
par l'agence EDITIO DIALOG, Lille.


Belfond | un département **place des éditeurs**

place
des
éditeurs

*Pour Nik Moyake,*
*Chris McGregor,*
*Dudu Pukwana,*
*Louis Moholo-Moholo,*
*Mongezi Feza*
*et Johnny Dyani –*
*The Blue Notes*

# PREMIÈRE PARTIE

# 1

« Messi ou Ronaldo ?

— Je m'en fiche. Il est temps que ce soit un Africain.

— Si ça ne tenait qu'à moi… Tu as sans doute raison.

— Didier Drogba, meilleur footballeur de l'année. Ça sonne bien.

— Mais Drogba ne joue plus.

— Pas faux. » Le feu passa au rouge avant que les deux hommes puissent traverser la rue. « Mais tu comprends ce que je veux dire. » Kodjo attrapa le bras de Saïf. Ils s'arrêtèrent. « Les flics, fit-il. Là-bas. » Il pointa du doigt un endroit au fond de la Reichenberger Straße.

Saïf se figea, un pied déjà posé sur la chaussée. Tous deux regardèrent dans la direction du snack-bar asiatique devant lequel deux voitures de patrouille étaient garées.

« On est au beau milieu de la nuit, fit Saïf.

— Je sais.

— Tu vois une voiture quelque part ?

— Mais c'est rouge.

— Et depuis quand tu t'arrêtes au rouge ? Quand il n'y a aucune voiture ? »

Kodjo se contenta d'un autre geste vers les voitures de police.

« Hum. » Saïf posa le deuxième pied sur la chaussée. « Moi, en tout cas, je n'en ai pas la moindre envie.

— Sois patient. »

Saïf se retourna vers Kodjo avec un sourire.

« Dis-toi que c'est pour me faire plaisir. » Du coin de l'œil, Kodjo vit un homme en uniforme sortir du snack-bar. Dans une main il tenait un sac en plastique, dans l'autre une clef qu'il pointa vers les voitures. Un bip très court. Le policier regarda alentour et fit des gestes en direction de la vitrine du snack-bar. Puis il ouvrit la portière arrière d'un véhicule et posa le sac en plastique sur le siège. Son regard tomba sur Kodjo et Saïf.

Malgré la distance, Kodjo constata que le policier les scrutait, donnant l'impression qu'il essayait de faire une mise au point. Puis il ferma la portière et regarda de nouveau vers le snack-bar. Il s'adossa contre la voiture, mais garda la tête tournée vers eux.

À ce moment précis, Saïf frissonna. Brièvement. Comme si on lui chatouillait brusquement la nuque. Le feu passa à l'orange.

Le policier le remarqua et tressaillit à son tour. Puis il se détendit et s'adossa de nouveau contre la voiture. Le feu passa au rouge.

Saïf avait perçu la nervosité du flic. En y réfléchissant plus tard, Kodjo aurait la conviction qu'il ne se serait rien passé si Saïf n'avait pas bougé. Mais, instinctivement, Saïf eut un mouvement de recul.

Le flic le fixait maintenant. Trois autres policiers sortirent du snack-bar, chacun un sac à la main. Deux hommes, une femme. Le feu piéton passa au vert.

Imitant leur collègue, les trois policiers les dévisagèrent. Saïf se raidit. Le premier flic se redressa sans les quitter des yeux. Kodjo posa sa main sur l'épaule de Saïf.

L'image se figea ainsi. Une fraction de seconde qui dura une éternité.

Puis Saïf tourna les talons et se mit à courir.

# 2

Kodjo ne retrouva pas ses esprits tout de suite. Saïf avait déjà parcouru plusieurs mètres, direction le Görlitzer Park. Ses pas résonnaient fort. Quelques jours plus tôt, il avait fièrement exhibé ses chaussures. De nouvelles semelles.

Des semelles en cuir.

Puis les uniformes arrivèrent. Celui qui était sorti du snack-bar en premier avait pris la tête du groupe. Il avait plusieurs mètres d'avance. Peut-être qu'il était simplement plus rapide. Ou alors plus motivé. Il avait eu plus de temps pour conclure que Saïf et lui n'étaient pas nets. Sans même qu'ils aient eu besoin de faire quoi que ce soit de suspect. Au final tout avait commencé parce que le flic les avait regardés.

« Stop ! Arrêtez-vous ! » cria-t-il.

À ce moment-là, Kodjo sortit de sa léthargie. Il fit un pas en avant sur la chaussée. L'un des trois traînards se déporta pour essayer de lui couper le chemin vers le Landwehrkanal. Kodjo inspira profondément. Le premier flic s'était davantage détaché du groupe, il n'était plus qu'à vingt mètres de lui. Alors Kodjo laissa échapper l'air de ses poumons et partit dans la direction où Saïf venait de disparaître.

« Arrêtez-vous ! » cria de nouveau le premier flic.

L'écho de ses foulées résonna dans la tête de Kodjo après qu'il eut trouvé son rythme. Les types en uniforme ne le rattraperaient pas. Il était trop entraîné. Il était affûté. Et, contrairement à Saïf, il portait ses baskets. Il aurait bientôt rejoint la Wiener Straße. Il voyait le Görlitzer Park devant lui. Où était donc passé Saïf ?

« Arrêtez-vous ! » La voix n'était plus aussi vigoureuse qu'une minute auparavant. Elle était plus lointaine.

Lorsqu'il tourna à droite, Kodjo remarqua le gyrophare. D'autres flics arrivaient. Ils devaient se trouver quelque part vers la station de l'U1. Il disposait de suffisamment de temps pour traverser la rue et disparaître dans les ténèbres du parc. Mais où était Saïf ?

« Arrêtez-vous ! » Le flic avait lui aussi atteint la Wiener Straße. Le gyrophare était maintenant tout près. Kodjo laissa passer une voiture venant dans sa direction, puis il traversa la chaussée et se précipita à l'intérieur du parc à la hauteur de la Glogauer Straße.

« Dans le parc ! » Encore ce flic. « Il est dans le parc. » Lorsque Kodjo arriva sur le chemin qui traversait le Görlitzer Park, il entendit un crissement de freins et vit la lumière projetée par le gyrophare.

Il lui fallait atteindre Treptow. Ça faisait encore un bon bout de chemin, mais si personne ne l'arrêtait, il filerait de l'autre côté du canal au bout de l'allée centrale. Les voitures ne pourraient pas passer par là.

« Fais gaffe ! » Quelqu'un le bouscula. Il avait oublié que certains frères faisaient leur business ici. « Sorry ! » Il continua à courir. « Hé ! » Encore quelqu'un sur son chemin. « Fuck ! » cria une voix derrière lui. Et puis : « Les flics ! » Merde, il avait guidé les flics directement vers les dealers. Un sifflement avec trois sons différents retentit. Un signal de toute évidence. Les flics allaient se défouler sur eux. Quoique… La nuit, aucun Blanc ne trouve un Africain dans le Görli. En tout cas jamais celui qu'il cherche.

Kodjo ralentit le rythme. Il joggait maintenant. Les cent derniers mètres avant la lisière du parc. Puis, vite, traverser le canal, descendre les marches et se volatiliser quelque part dans Treptow. Il se fit doubler par trois hommes. Ils étaient encore plus pressés que lui. D'autres Africains. Ils disparurent sur le pont. Il y était presque.

Des cris ricochaient quelque part derrière lui. Les flics étaient déjà dans le parc. Il espérait que Saïf leur avait échappé. Les trois Noirs qui venaient de le doubler faisaient demi-tour. Aussi vite que leurs jambes le leur permettaient.

Ils étaient paniqués, respiraient lourdement. Kodjo s'arrêta. Les regarda s'éloigner. Fit quelques pas de plus en direction du pont. Vit la lueur du gyrophare entre les arbres. Merde. Les flics en faisaient toute une histoire. Ils prenaient ça au sérieux. Ils étaient probablement positionnés au bout de l'escalier et vérifiaient l'identité des types qui se pointaient.

Demi-tour.

Mais il ne voulait surtout pas reprendre le chemin par lequel il était venu. Il allait se faire choper. Donc tourner à droite. Direction Görlitzer Straße. Plus rapide. Contourner l'étang et se faufiler dans l'ombre des buissons. Une ambulance passait sur la Görlitzer Straße. Derrière elle, une VW neuve. Sûrement des flics en civil. Il devait être prudent en traversant la rue. S'il atteignait l'autre côté, le vent tournerait. Ils l'avaient vu entrer dans le parc, mais pas en ressortir.

Rien d'étonnant. Il était encore au beau milieu de ce pétrin.

Kodjo avait déjà grimpé sur le mur qui séparait le parc de la rue quand il entendit un cri derrière lui. Un « Ah ! » et puis : « *Don't hurt me !* » Et encore une autre voix : « Ce n'est pas lui ! » Il entendit des bribes de phrases prononcées dans un mauvais allemand. Était-ce du bavarois ? Du souabe ? Mais même si cet accent le perturbait, Kodjo reconnut le mot « nègre ». Un flic.

Un autre « Ah ! ». Ils frappaient le type qu'ils avaient attrapé. *Sorry, frère. Ma faute.* Et il rectifia : *La faute de Saïf.*

Où était Saïf ? Quelle merde !

Il n'y avait personne dans la rue. Il sauta du mur et s'accroupit. Rampa vers la voiture la plus proche et regarda par-dessus le capot. Le métal était chaud. La voiture était garée là depuis quelques minutes à peine.

Un gyrophare. Kodjo se fit tout petit. S'accroupit entre le trottoir et l'aile encore chaude de la voiture. Il s'imagina disparaître, se dissoudre pour quelques secondes. La lumière clignotante passa à côté de lui. De plus en plus de cris dans le parc. La douleur. La voix se transforma, passant des cris aux gémissements. « Par ici ! » cria quelqu'un. Et un autre : « Je le tiens ! » Kodjo se redressa et se pencha par-dessus la voiture.

La rue était déserte. Traverser et se baisser. La voiture de police revenait dans l'autre sens. Il l'observa plus attentivement. Un homme au volant et une femme côté passager qui scrutait la rue. *Baisse-toi !* La voiture passa. Kodjo souffla.

Il était sorti du parc. Mais où pouvait-il aller ? Cuvrystraße. Schlesische Straße. Traverser la Spree. Aller à Moabit en métro. C'était le bon plan. Mais que faire si une patrouille le repérait ? Est-ce qu'ils arrêtaient tous les Noirs qui leur tombaient sous la main ?

Plusieurs hurlements de sirène au loin. Ils ne lésinaient pas sur les effectifs. Un fourgon cellulaire s'approcha de l'entrée centrale du parc. Freina. Des policiers poussèrent vers lui les individus qu'ils avaient attrapés dans le parc. Il compta, un, deux, trois, quatre, cinq. Que des Noirs. Tout ça à cause de lui. Ils ne trouveraient pas de drogue sur eux. Kodjo espérait que leurs papiers étaient en règle.

Il se releva et se dirigea vers le carrefour de Görlitzer Straße et Cuvrystraße. Debout. Question de dignité. Mais question de posture aussi. Au vrai sens du terme. S'ils embarquaient tous les Noirs, ils laisseraient peut-être tranquille celui qui ne courrait pas. Qui ne paniquerait pas.

Enfin… qui ne semblerait pas paniquer.

En vérité, Kodjo était terrifié. Où était Saïf ? Encore des flics poussant de jeunes Noirs vers un fourgon. Il aurait bientôt atteint le croisement. Une toute nouvelle situation s'offrirait à lui.

Des bruits de moteur derrière lui. Instinctivement il rentra la tête dans les épaules. Se retourna. La même voiture de patrouille que tout à l'heure. Il se cacha dans la première entrée d'immeuble et se plaqua contre la porte. À sa surprise, celle-ci céda. Il la poussa prudemment et disparut dans l'obscurité. À travers la fente, il vit les flics juste avant que la porte ne se referme.

Puis il se retrouva dans le noir.

Kodjo s'accroupit, adossé contre le mur. Il faisait étonnamment frais à l'intérieur. Quelque part, on cuisinait. Ça sentait le poisson et l'ail. À l'extérieur, il y eut de nouveau des cris. Assourdis. Il ne comprenait pas un seul mot. Impossible de distinguer les amis des ennemis.

Lentement, ses yeux s'habituèrent à la pénombre. Les battements de son cœur ralentirent. Pouvait-il rester ici au moins un petit moment ?

Au-dessus de lui, il faisait plus clair que dans le couloir où il se trouvait. Il monta un escalier marche par marche jusqu'à repérer une lucarne à l'entresol, donnant sur la rue. Kodjo eut un peu de mal à passer la tête par son encadrement. Il apercevait la rue et la verdure du parc. La voiture des policiers passa de nouveau. On voyait bien mieux de là-haut.

Il monta l'escalier jusqu'au premier étage, au deuxième, au troisième. Entre le troisième et le quatrième, il jeta un regard prudent par la fenêtre.

Maintenant, il voyait tout le parc. Les gyrophares l'éclairaient d'une façon surréelle. Des voitures de police patrouillaient, des uniformes en grand nombre, il n'avait encore jamais vu le Görlitzer Park ainsi. La sensation de culpabilité monta de nouveau en lui. Il était responsable de ce chaos. Il avait semé la folie parmi ces gens-là.

Saïf.

Saïf ! Avait-il pu leur échapper ?

Au bord du tableau qui s'offrait à lui, il y avait l'entrée du parc côté Falckensteinstraße. Là-bas plusieurs voitures de police étincelaient. Un type en uniforme envoyait d'autres types en uniforme dans le parc et pointa du doigt une nouvelle direction. Cherchez là-bas. Comment pouvaient-ils être si sûrs qu'ils ne l'avaient pas déjà attrapé ?

Puis il aperçut Saïf. Un mouvement dans un buisson en face. Il reconnaissait parfaitement sa silhouette. Saïf sauta du mur.

Non. Ne fais pas ça. Reste où tu es.

Saïf s'accroupit brièvement derrière une voiture, tout comme il l'avait fait lui-même. *Malin. Ne bouge pas.* Kodjo regarda vers l'entrée du parc et se dit : *Maintenant. Cours.*

Saïf se releva et commença à courir. Pas trop vite, mais à longues foulées. Il avançait bien. Direction le canal. Là, il ne lui resterait plus qu'à longer la rive puis il parviendrait à se fondre dans le décor. Peut-être qu'il y aurait d'autres buissons épais, Kodjo ne connaissait pas très bien le coin. Mais les flics ne pouvaient pas tout contrôler. Pas chaque mètre carré. Pas chaque buisson. Dans un instant, Saïf serait arrivé sur la rive, car il sortit du tableau. Kodjo respira.

Mais tout à coup Saïf reparut. Il courait dans l'autre direction. Merde. Un homme et une femme le poursuivaient. C'étaient les flics de la première voiture de patrouille. Heureusement Saïf était rapide. Il lui suffisait d'obliquer dans la Cuvrystraße. Il fit un crochet. Contourna une voiture en stationnement. Cela déconcerta l'homme. Mais la femme ne s'y laissa pas prendre. Saïf fit un autre crochet.

Et glissa – les semelles en cuir.

Il tomba sur le côté, au milieu de la chaussée. Se rattrapa juste à temps avec ses mains. Mais la femme était déjà au-dessus de lui. Elle lui donna un coup de poing en plein visage. L'homme la rejoignait en courant. Il fonça sur Saïf comme sur un ballon. Lui envoya un violent coup de pied.

Le corps de Saïf se contracta comme celui d'un serpent. Kodjo sentit la douleur jusqu'au plus profond de son âme.

## 3

Au-dessus du quatrième étage, il y avait deux portes sans plaque. Le grenier. La possibilité que les gens de l'immeuble aillent y accrocher ou décrocher leur linge au milieu de la nuit était plutôt mince. Kodjo s'assit par terre, dos contre le mur, et sortit son téléphone. Il était deux heures et quatorze minutes. À quelle heure Saïf et lui avaient-ils croisé les flics ?

Quelque part dans les étages du dessous, une porte fut ouverte. Un faisceau de lumière balaya le couloir. Kodjo retint son souffle et serra l'écran illuminé du téléphone contre sa poitrine. Trois pas dans le couloir. Trois pas retour vers l'appartement. Pas un mot. La porte se referma.

À l'extérieur, une longue sirène retentit. *C'est une stratégie*, se dit-il. Ils sortaient les gens de leur sommeil afin qu'ils les voient s'occuper des dealers. Personne ne pouvait dire que, sur ce point, il ne se passait rien à Berlin. Tout le monde allait se souvenir de cette nuit.

Il fallait qu'il disparaisse.

Mais comment ? Il ne pouvait pas sortir sans attirer l'attention. Les flics continueraient à patrouiller même au petit matin. Avoir la mainmise sur un quartier comme celui du Görli… ils ne se priveraient pas d'une telle opportunité. Une démonstration de leurs capacités. Et lui au beau milieu de tout ça.

La liste des noms et numéros enregistrés dans son portable était longue. Il s'arrêta à Linde et continua ensuite de faire défiler le répertoire. Kodjo fixa brièvement quelques noms puis remonta la liste.

Linde.

Pile la mauvaise heure. Elle venait de fermer le café et devait être dans sa première phase de sommeil profond. Elle allait le maudire. Elle n'entendrait même pas le téléphone tant elle était fatiguée. Elle l'avait sûrement éteint. Il regarda son écran pendant une seconde. Une autre. Puis il appuya sur le bouton vert.

Ça sonnait. Il patienta.

Ça continuait de sonner. Finalement la voix de Linde. « Linde Buchmüller, laissez un message après le… beh, vous savez bien. » Puis un signal plus aigu que les précédents. Kodjo ne sut quoi dire.

Qui d'autre pouvait-il appeler ? Soudain, le téléphone sonna. Il appuya instantanément sur le bouton vert. Pourvu que personne n'ait rien entendu. Il plaqua l'appareil contre son oreille.

« Kodjo ? » C'était la voix de Linde. Au même moment, quelqu'un ouvrit une porte dans la cage d'escalier. Le même faisceau que tout à l'heure. Kodjo serra le téléphone contre son oreille et ne dit pas un mot.

« Kodjo ? fit Linde encore une fois. Qu'est-ce qui se passe ? Tu as des soucis ? »

La porte se referma.

« Il faut que tu viennes me chercher, répondit-il aussi doucement que possible.

— Tu es fou ? T'as vu l'heure qu'il est ?

— Bien sûr que j'ai vu.

— Pourquoi faut-il que je vienne te chercher maintenant ? Où es-tu ? Je me couche tout juste.

— Je sais très bien.

— Mais…

— J'ai besoin de ton aide.

— Où es-tu ?

— À côté du Görli.

— Ah bon ?

— Il faut que tu viennes en voiture.

— Qu'est-ce qui se passe ? Je t'entends à peine.

— Je ne peux pas parler plus fort.

— OK… Explique-moi.

— À l'angle de Cuvry et Görlitzer. Je me cache dans un immeuble. Il faut que tu t'arrêtes devant. Avec la portière passager ouverte. Envoie-moi un SMS. Et attends-moi. Ou plutôt… Envoie-moi un message quand tu arrives et un autre pour me dire qu'il n'y a pas de flics à proximité. »

Linde ne répondit pas.

« D'accord ? insista-t-il.

— Oui oui… J'ai compris. Mais pourquoi tu ne demandes pas à Marie ? Elle est aussi fatiguée que moi, mais au moins elle ne travaille pas demain. Et elle habite juste à côté. »

Kodjo inspira profondément : « Parce que tu es blanche. »

## 4

Une fois l'appel terminé, Kodjo mit son portable en mode silencieux. Surtout ne plus prendre le risque d'alerter les habitants de l'immeuble. Peut-être que la personne qui avait ouvert sa porte à deux reprises avait appelé les flics. Et ils n'allaient pas tarder à rappliquer. Ils étaient peut-être déjà à la porte d'entrée. Dans un instant, ils le coffreraient.

Mais il n'entendait plus aucun bruit venant de la rue. Des minutes passèrent. La police avait-elle abandonné la poursuite ? Si c'était le cas… elle avait sans doute laissé quelques agents pour observer les alentours. Tout ça avait-il vraiment commencé à cause de lui ? À cause de Saïf qui n'avait pas su garder son sang-froid ? Était-ce lui qui avait attiré les flics jusque dans le Görli ? Que feraient-ils de Saïf ? Il n'avait pas le droit de séjourner à Berlin. Il vivait ici, travaillait ici, mais n'avait pas les papiers qui le lui auraient permis. Il était enregistré à proximité de Dresde. Mais qui avait envie d'habiter là-bas ?

Du mouvement en bas de l'immeuble. Étaient-ce eux ? Venaient-ils le chercher ?

La lumière s'alluma. Kodjo regarda à travers un interstice entre deux marches. Un pas. Puis un autre. Lourd et maladroit. Il vit une main posée sur la rambarde. Les pas s'arrêtèrent. Reprirent. Stoppèrent de nouveau. La personne ne bougeait plus. Puis la lumière s'éteignit.

« Merde ! » entendit-il quelqu'un souffler. De nouveau des pas. Lourds. L'homme trébucha. Il était sûr que c'était un homme. Tapp, tapp, tapp. La lumière se ralluma. L'homme était ivre. Et ne constituait aucun danger… sauf si, par mégarde, il titubait jusqu'à lui, oubliant qu'il n'y avait pas d'appartements au cinquième étage. Des clefs s'entrechoquèrent. Puis on tenta de les enfoncer dans une serrure. Encore un « merde ! » balbutié. C'était bien un homme. La porte s'ouvrit puis claqua bruyamment. La lumière de la cage d'escalier s'éteignit de nouveau.

Combien de temps faudrait-il à Linde ?

Pouvait-il déjà descendre vers la porte d'entrée de l'immeuble ? Valait mieux attendre.

Le téléphone vrombit. « Attends encore. »

Néanmoins, Kodjo descendit lentement les marches. Entre le troisième et le deuxième étage, il regarda à l'extérieur. La Ford de Linde. Mais il ne voyait pas ce qu'il se passait de son côté de la rue.

Il ne distinguait ni le trottoir ni l'intérieur de la voiture.

Il descendit encore deux étages et s'appuya contre la fenêtre de l'entresol.

Elle était là en train de téléphoner. Son regard fixé droit devant elle tandis qu'elle parlait. Que pouvait-il y avoir de si important ? À cette heure-ci.

Il regarda l'écran de son téléphone. Quatre heures moins vingt.

Linde mit fin à la conversation. Elle pianota sur son téléphone. Il reçut un SMS. « Viens ! »

Il descendit les dernières marches sans un bruit et ouvrit prudemment la porte d'entrée. Linde le fixait. La portière côté passager était entrouverte. Elle hocha la tête. Kodjo se jeta sur le siège.

« Baisse-toi », ordonna Linde quand elle se mit en route. Elle prit la Cuvrystraße, puis tourna encore deux ou trois fois tandis qu'il se faisait aussi petit que possible.

« Le pont d'Oberbaum, fit-elle.

— Il y a des flics ? demanda-t-il.

— Personne.

— Ouf, lâcha Kodjo en se redressant.

— Bon… maintenant tu me dois une explication. »

## 5

« Et comment tu t'en es tiré ? »

Huff sortit quelques bouteilles de bière du frigo.

« Non merci, pas pour moi, dit Kodjo en levant les mains. Il est trop tôt. Je ne vais pas tarder à aller travailler. »

Huff passa une bouteille à Benny du Bénin et à Sani du Nigeria et resta près du frigo. Il ne connaissait pas l'histoire.

Kodjo examina la petite pièce. Ils étaient dans l'arrière-boutique du magasin ghanéen que Huff tenait avec sa femme Eula à Tempelhof. Produits alimentaires et articles de beauté. Huff était une légende dans la communauté ghanéenne, il était toujours de bon conseil, il avait toujours les contacts adéquats. Et quand il y avait le feu quelque part, on se réunissait dans cette pièce et on trouvait une solution. Huff était en Allemagne depuis plus de vingt ans. Frigo, table, quelques chaises. Une télé sur le frigo. Kodjo avait déjà assisté à des réunions avec plus de trente personnes ici, les gens s'entassaient jusque dans la boutique pour lorgner ce qui se passait dans la pièce du fond où la discussion se faisait houleuse. C'était à l'époque où Dudu s'était fait poignarder par ce nazi à Lichtenberg. Encore heureux qu'elle ait survécu.

En réfléchissant à la manière de raconter son histoire, Kodjo remarqua que Huff avait décroché l'affiche d'Asante Kotoko, son équipe préférée du Ghana. Il fallait qu'il lui demande pourquoi. Le mur semblait bien vide désormais.

« Vous avez entendu parler de la rafle ? » Issa le Sénégalais avait surgi dans la pièce, hors d'haleine. « Ça vient de passer à la radio. Le Görlitzer Park… Ils l'ont encerclé et ont bouclé tout le monde. »

Issa reprit son souffle et, en voyant l'expression dans le regard des autres : « Ah, d'accord. Bien sûr… vous le savez déjà. »

Comme personne ne réagissait, il ajouta : « Quoi ? Ils ont eu qui ?

— Kodjo, raconte-nous l'histoire depuis le début, dit Huff en ouvrant le frigo. Tu es sûr de ne pas vouloir de bière ? »

Kodjo fit non de la tête. Issa leva une main et prit la bouteille.

« Bon, fit Kodjo. Je vais bosser tout à l'heure, alors je fais vite. Hier, je me suis baladé avec Saïf…

— Le Syrien ? demanda Benny.

— Il vient d'Afghanistan.

— Ah oui, "pays d'origine sûr"…, lança Benny en rigolant.

— Donc, continua Kodjo, on est allés voir un ami de Saïf et sur le chemin du retour, comme il était tard, j'ai demandé à Saïf si je pouvais dormir chez lui. À Tempelhof. Il était une heure passée et je voulais éviter de faire tout le chemin jusque chez moi, puisque, en ce moment, j'habite à Moabit. Le métro, je préfère le prendre le matin, c'est plus sûr. À un moment, on arrive à un feu. Une situation vraiment merdique. Aucune voiture, mais c'est rouge et il y a deux véhicules de police pas loin. Dans ces conditions, quoi que tu fasses, c'est toujours une erreur. Si tu traverses, ils t'arrêtent. Si tu ne le fais pas, ça a l'air tout aussi bizarre. Saïf a perdu son sang-froid, il est parti en courant.

— Il avait des papiers ? demanda Issa.

— Impeccables. Pour la Saxe.

— La Saxe ? Quelle merde. Le pauvre, commenta Issa.

— Ils nous ont couru après. Toute une armée. Voilà ce qui s'est passé.

— Mais il n'y a plus d'obligation de résidence en Saxe, si ? »

Kodjo ne connaissait pas le type qui avait posé la question. Il avait des rouflaquettes comme une star de la soul des années 1970, il avait sûrement des papiers en règle. Une telle allure, vous l'osez seulement quand vous êtes régularisé, quand vous vous en fichez de vous faire arrêter par les flics.

« Il a quand même détalé comme un lapin, dit Kodjo. Je ne sais pas ce qui s'est passé dans sa tête.

— Et pourquoi vous êtes allés dans le parc ?

— On n'a pas réfléchi. On est clandestins. Tout ça, c'est notre faute. » Kodjo ne voulait pas tout mettre sur le seul dos de Saïf. Il avait déjà assez de soucis comme ça.

« Et vous avez pu leur échapper ? » demanda Issa.

Eula passa la tête par la porte, tandis que Kodjo secouait la tête. « Ils ont eu Saïf. Je ne sais pas comment je m'en suis tiré. » Il n'avait pas envie d'introduire Linde dans l'histoire. Même si c'était à elle qu'il devait son salut.

« Huff ! » Eula fit signe à son mari de la rejoindre.

« Et il est où Saïf maintenant ? demanda Issa.

— Là où les portes sont verrouillées de l'extérieur. »

# 6

« Tu as pu dormir un peu ? » Debout derrière le comptoir, Linde mélangeait du jus de pomme avec de l'eau gazeuse. Les enceintes diffusaient de la house française. Zouin zouin.

« Pas vraiment. Deux heures. Après, impossible de me rendormir. » Le café Hibiskus était quasi désert, la ronde des petits déjeuners était finie depuis longtemps. Mais l'impression était trompeuse. La vague des déjeuners était imminente : dans une demi-heure, le bistro se remplirait de nouveau. Il fit un signe de main à Ellen et Dimi qui dressaient les tables dans la deuxième salle. « Après je suis allé chez Huff.

— Il y a beaucoup de réservations aujourd'hui », lui lança Linde avant qu'il ne disparaisse dans la cuisine. D'un signe de tête, il salua Leticia qui remuait le contenu d'une petite casserole, puis alla se changer. « Qu'est-ce qu'on propose aujourd'hui ?

— Les gens vont prendre la salade de poisson et l'escalope de veau. J'aurai besoin de l'horrible panoplie de crudités, et toi tu vas écraser des pommes de terre jusqu'à ce que les bras t'en tombent.

— Super.

— C'était chaud la nuit dernière ?

— Apparemment, les nouvelles vont vite.

— Linde a laissé entendre deux, trois trucs. Tu n'as vraiment aucun moyen de sortir de l'illégalité ?

— Difficile. Très difficile. » Kodjo ouvrit le frigo où ils stockaient les ingrédients pour les salades. Il sortit les tomates, les poivrons rouges et verts, les carottes, diverses herbes dans des pots et des branches de céleri. « Mes chances sont minces.

— Tu peux te marier.

— Qui voudrait de moi ? »

Leticia versait du liquide dans une cocotte où mijotait de la viande. La fumée de la grosse marmite emplissait la cuisine entière. « Tu peux ? Ou tu peux pas ?

— Ce n'est pas si simple. Je suis redevenu clandestin quand Sandra et moi on a divorcé.

— Et elle savait… que tu serais dans l'illégalité ?

— Bien sûr.

— Alors pourquoi… ?

— J'avais perdu mon boulot.

— Quel boulot ?

— Pour une ONG. Avant j'étais assistant de recherche à la fac. Mais aussi pour une fondation. Et d'autres trucs. Les choses qu'on fait quand on est historien.

— C'est rude. Vraiment. Et tu ne peux pas te remarier ? »

Kodjo se mit à couper les carottes en fines tranches. « C'est compliqué. En plus, ça fait trois ans que je suis sans papiers. Alors ça commence à faire lourd…

— Et si tu deviens papa ?

— Oui. Peut-être… »

Leticia posa sa main sur son ventre rond. « Avec moi, pas la peine d'essayer.

— C'est parti ! » Ellen déposa un papier sur le comptoir. Leticia l'attrapa : « Crème de céleri et salade loup de mer. Il me faut des crudités…

— Une table de cinq. Ils demandent que ça aille vite. » Dimi passa la tête par l'ouverture entre la salle et la cuisine. « Cinq plats différents. De quoi se mettre en jambes. »

Leticia attrapa le papier. « Salade de poisson, escalope de veau, penne, saumon et… c'est quoi ça ? Ah… le potage au fenouil. Ça marche… *Let's rock.* »

Kodjo coupa plus finement les lamelles de poivron et attrapa le pot de cresson. Puis ses pensées dérivèrent vers Saïf. Le mieux qui pouvait lui arriver était de se faire renvoyer en Saxe. En tant que migrant délinquant.

Un de plus. Et le pire… Ça dépendait de la personne qui se penchait sur son cas.

Il n'y avait rien de logique là-dedans. Il lava le persil et le mit dans l'essoreuse à salade. En faisant tourner le panier, il reconnut « 7 Seconds ». Youssou et Neneh. Il se mit à fredonner. « *Sebeheven seconds*…

— Merde ! fit Leticia. *7 Seconds !*

— Merde ! » Kodjo laissa tomber l'essoreuse. Il ne manquait plus que ça. L'inspection du travail.

Ils reculèrent vers le mur de la cuisine. Elle faisait un long L ; du côté court étaient empilées des caisses de boissons qui formaient une paroi montant jusqu'au plafond. Avec la dextérité de l'habitude, Letitia en retira deux piles en même temps. Kodjo s'enfonça dans la faille et ouvrit la porte qui se cachait derrière. Il la referma aussi doucement que possible et respira un bon coup.

Dans un instant, Leticia montrerait son permis de travail. Les inspecteurs s'étonneraient du fait qu'il n'y ait qu'une seule personne en cuisine à midi, mais que voulez-vous, c'était ça la gastronomie. Difficile de trouver du personnel qualifié. Peut-être qu'elle aurait même l'occasion de ramasser l'essoreuse. Après tout, sa grossesse ne l'empêchait pas de s'accroupir.

Kodjo s'en voulait. Il n'avait pas reconnu assez tôt le signal dont ils avaient convenu. Mais la dernière fois qu'il avait dû se cacher ici datait de plus d'un an. C'était à cette occasion qu'ils avaient créé leur code *7 Seconds*.

## 7

Kodjo regarda discrètement autour de lui et ouvrit la porte métallique. « Pas besoin que tout le monde te voie », avait dit Jeanette en lui donnant les clefs. Et surtout que quiconque découvre qu'il y passait la nuit de temps à autre.

L'immeuble de Moabit était inhabité depuis des années. D'après Jeanette, il serait bientôt rénové. Non… elle n'avait pas dit « rénové ». Elle avait dit « réhabilité de fond en comble ». Voilà ce qu'elle avait dit précisément.

Cela faisait déjà deux jours qu'il dormait ici.

Kodjo ouvrit la porte suivante, elle donnait sur la cour et sur une porte tout aussi lourde que la première à l'arrière du bâtiment. Quand il s'était installé, Jeanette l'avait accompagné jusqu'à l'appartement sous les combles et était repartie aussitôt. En fait, ce n'était pas vraiment un appartement, mais un grenier aménagé avec matelas, frigo et une petite plaque de cuisson électrique. Un gardien avait logé ici quand l'immeuble s'était vidé de ses habitants. « À cause des squatteurs ! » avait expliqué Jeanette. Elle avait les clefs parce qu'elle travaillait pour une agence immobilière. Kodjo avait jeté un regard étonné sur les briques qui remplaçaient les anciennes vitrines. « À cause des squatteurs ! » avait-elle répété.

Il referma la porte à l'arrière du bâtiment et poussa le verrou de l'intérieur. L'absence de lumière était un problème. Presque tout dans le bâtiment avait été démonté et préparé pour la rénovation luxueuse. Il n'était pas si tard, mais il ne voyait déjà plus rien, et il lui fallait avancer lentement et en tâtonnant jusqu'au cinquième étage. Une fois qu'il avait atteint l'escalier, les choses devenaient plus simples. Grâce à la rambarde, il ne trébuchait pas.

À partir du troisième étage, c'était encore plus facile. Un peu de lumière pénétrait de l'extérieur. La lune, la lueur de quelques lampadaires dehors. Il atteignit le cinquième étage. Les fenêtres des combles étaient toutes de travers et pas totalement étanches quand il pleuvait. Les lumières nocturnes de Moabit passaient à travers les vitres et offraient une faible lueur qui l'aidait à s'orienter. Ces derniers mois, il avait passé plusieurs week-ends ici, et il commençait à s'y repérer même à l'aveuglette. Matelas, évier, frigo. Une plaque électrique au sol, un bac en bois pour les couverts et quelques assiettes. Un W-C au milieu de l'espace sans cloisons.

Il ne savait pas exactement ce que Jeanette attendait de lui. Elle était plutôt gentille, mais elle était tout de même assez vieille. Au moins cinquante ans. Il n'avait pas osé lui poser la question ouvertement. Quoi qu'il en soit, ils se comportaient comme des amoureux. Il avait brièvement espéré qu'elle l'inviterait à habiter avec elle dans son appartement aux hauts plafonds. Il y avait suffisamment de place. Mais elle ne l'avait pas fait. Ils avaient fait sept fois l'amour, tellement longtemps que le lendemain il avait été trop fatigué pour aller travailler. Il avait compté. Mais que voulait Jeanette ? Voyait-elle en lui autre chose que son plan cul ? Il ne voulait pas finir comme William le Nigérian qui avait épousé cette Ruth. Grâce à ça, sa situation avait été régularisée, mais on ne le voyait plus rigoler. En fait, on ne le voyait plus du tout. Ou comme son ami Kwadwo, qui ne se manifestait presque plus depuis qu'il avait épousé cette femme dont le nom lui échappait. Elle avait deux filles de l'âge de Kwadwo, et elle veillait sûrement avec soin à ce qu'il ne s'approche pas trop d'elles.

Lorsque Kodjo défit ses lacets, une autre lueur apparut. Quand la blonde d'en face ne travaillait pas, elle allumait toujours le plafonnier. Il envoya balader ses chaussures et se dirigea vers le frigo. Il en sortit une bouteille de bière et se posta près de la fenêtre.

Il connaissait le rituel. Une fois le client parti, elle disparaissait un instant. Et quand elle revenait, elle s'était lavée et parfumée. Elle réapparut, alla jusqu'à la fenêtre et regarda à l'extérieur. Elle attrapa un flacon en dessous de la fenêtre et s'enduisit le corps de son contenu. Lentement et méticuleusement. C'est ce que Kodjo avait observé le tout premier soir. D'abord il avait été étonné de la voir se balader nue dans l'appartement sans fermer les rideaux. Puis il avait pigé que, dans la tête de cette fille, personne ne pouvait la voir. Puisque le bâtiment où il se trouvait était censé être vide.

Ce qui aurait dû être le cas. Quand elle eut terminé, son regard se porta vers un coin de la pièce. Peut-être pour lire l'heure. Le prochain client allait sûrement bientôt arriver. La femme blonde était rasée, il ne lui restait qu'une petite moustache au-dessus du sexe. Cette moustache n'était pas blonde.

La majeure partie des jeunes femmes en Allemagne procédaient de la même façon avec leurs poils pubiens. Il trouvait ça OK.

Pas Jeanette. Ça lui allait aussi. Peut-être une question de génération.

Qu'allait-il advenir de Jeanette et lui ? Il n'était sûr de rien. Il ne savait même pas ce qu'il voulait. En tout cas pas de mariage. Si jamais elle lui demandait de l'épouser, il déclinerait.

C'était gentil de sa part de lui louer le petit appartement de Neukölln. Elle lui avait fait un bon prix parce que, parfois, elle en avait besoin pour des amis en visite. C'était la condition. Et la raison pour laquelle il dormait ici de temps à autre. Peut-être qu'elle y faisait venir un autre homme. Mais pourquoi se retrouver là-bas alors que Jeanette vivait seule dans son appartement ? Peut-être que le type était connu dans le coin où elle habitait. Kodjo avait résisté à la tentation de se poster à proximité pour en avoir le cœur net. Un Noir faisant le guet dans l'entrée d'un immeuble, et les flics déboulent avant qu'on ait eu le temps d'appeler police secours !

La blonde eut un sursaut. Avait-on sonné ? Elle enfila un léger peignoir rose avec des fleurs noires et quitta la chambre. Quand elle revint, elle tenait par la main un homme d'un certain âge. Grand et lourd, mais pas gros. Il bougeait comme un boucher. La blonde désigna quelque chose dans la chambre, l'homme hocha la tête.

Elle redisparut un instant puis revint avec deux coupes de mousseux. Lorsqu'elle posa sa main entre les jambes de l'homme, Kodjo détourna le regard.

Toujours pas de nouvelles de Saïf.

## 8

« Des nouvelles de ton ami ? » demanda Linde.

Kodjo fit non de la tête. « Je ne sais pas s'il a un avocat. Ni même comment joindre ses amis.

— Tu le connais d'où ?

— Une fête. » Kodjo se dirigea vers le comptoir où Linde était en train de préparer deux cappuccinos. « Ni lui ni moi n'avions envie de prendre le risque de rentrer à la maison. »

Linde hocha la tête. « Plutôt attendre qu'il fasse jour. À cause de la police.

— Exactement. Je suis passé près de chez lui. Il a un petit appartement sous les toits. Mais à qui demander ? Je ne sais pas qui l'héberge ni qui lui a trouvé sa piaule.

— Tu espérais le croiser ?

— Pas vraiment. Trop peu probable. J'ai pensé… Je ne sais pas. » Il haussa les épaules.

Linde fit le tour du comptoir avec les deux tasses. « La grossesse de Leticia ne la gêne pas pour travailler ? »

Kodjo se contenta de hocher la tête. Il salua Ellen et Marie qui se planta devant lui. « J'ai entendu dire que tu l'as échappé belle hier. »

Ses parents venaient de Côte d'Ivoire, mais elle était née en Allemagne et y avait grandi. Elle faisait des études, il avait oublié de quoi. Il l'avait un peu draguée au début, mais elle n'avait pas semblé intéressée. Pendant une seconde, il se dit qu'elle avait changé d'avis.

« S'ils se pointent de nouveau, ajouta-t-elle, je ferai diversion pour attirer leur attention sur moi. »

Elle se moquait de lui. « Oui… Ça aiderait sûrement, fit-il.

— Je suis sérieuse.

— Je sais, mais je pense que ça va aller. Il n'y a qu'une seule inspection par an.

— Je suis contente qu'ils ne t'aient pas eu. Et aussi pour cette autre histoire dont Ellen m'a parlé. » Elle posa sa main sur l'épaule de Kodjo et l'embrassa sur la joue.

Dans le fond quelqu'un claqua des doigts. « Qu'est-ce que je vous dois, s'il vous plaît ? »

## 9

Après son service, Kodjo prit le métro en direction de Wedding. Quelques mois auparavant, Saïf l'avait traîné dans un établissement géré par quelques compagnons d'infortune dont il avait fait la connaissance en Iran après avoir fui l'Afghanistan. Ce n'était pas un bar, ni quoi que ce soit du genre officialisé par une licence quelconque, juste un lieu de rencontre pour des gens qui n'avaient pas d'autre endroit où se retrouver. Kodjo descendit à Osloer Straße mais il ne retrouva pas l'immeuble qu'il cherchait. Alors il rentra à Moabit à pied.

Peut-être que, finalement, il avait ses chances avec Marie. Elle était intelligente et belle. Et elle avait un passeport allemand. Elle comprenait les Africains. Question d'hérédité. Elle était volubile et très, très sûre d'elle. Ça faisait partie de son charme. Quand elle vous souriait, on pouvait avoir l'impression qu'elle se moquait de vous. En tout cas, lui, il se posait toujours la question. Peut-être devrait-il lui proposer un rancard. C'était le genre de femme qui appréciait qu'on fasse le premier pas.

Kodjo était lessivé. Ces derniers jours avaient été dingues. Et la journée au café plus qu'éprouvante. Linde accordait beaucoup d'importance au fait que ses salades ne soient pas seulement bonnes, mais aussi bien présentées. Et ça, c'était son travail à lui, tandis que Leticia, Massimo ou le vieux Karl-Heinz s'occupaient des temps de cuisson et des sauces. Aujourd'hui, il n'avait pas pu souffler une minute.

Arrivé à quelques mètres de la porte métallique de son immeuble, Kodjo regarda autour de lui. À trois reprises. Pas comme s'il voulait vérifier que quelqu'un l'avait suivi. Pas comme s'il avait peur. Plutôt comme les acteurs le font au cinéma. S'arrêter et sortir son téléphone. Faire semblant de regarder l'écran et, en même temps, observer discrètement les alentours. Ou bien la vieille astuce avec les lacets de chaussure. S'agenouiller et refaire le nœud. Il se sentait un peu con, mais il avait la sensation que ce truc marchait. Néanmoins, pour le dire franchement, qui se serait donné la peine de le suivre jusqu'ici ou de l'épier, tapi dans l'ombre ?

Il ouvrit la porte. Traversa la cour. La deuxième porte. Monta lentement les marches. Il avait passé la majeure partie de la nuit dernière à penser à Saïf au lieu de dormir. Il devait rattraper son retard cette nuit. Se protéger lui-même. Il pourrait de nouveau s'inquiéter de Saïf demain.

Arrivé en haut, il remarqua la lueur qui venait de l'appartement de la blonde. Peu importe. Il devait dormir. Kodjo sortit une bouteille de bière du frigo, l'ouvrit et la but à moitié. Quand il regarda par la fenêtre, il vit que la blonde n'était pas seule.

Le type avait des cheveux bruns et courts, mais son visage était caché par l'épaule de la femme. Il portait un jean et une chemise bleu clair, à manches courtes. Même à cette distance, Kodjo voyait que ses fringues avaient dû coûter très cher.

Ils se pelotaient mutuellement les fesses et s'embrassaient. On aurait dit de vrais amoureux. Kodjo vida la bouteille et alla en prendre une deuxième dans le frigo. Lorsqu'il revint, l'homme était seul dans la chambre. Il posa sa main entre ses jambes. Puis la femme arriva avec deux verres de mousseux.

Ils trinquèrent et burent. La blonde fit valser ses chaussures et commença à ouvrir son jean d'une main. Cela exigeait une certaine dextérité, mais elle parvint à ses fins et fit lentement glisser son pantalon jusqu'à ses chevilles. Ils prirent une autre gorgée. Puis ce fut au tour de l'homme de faire les mêmes gestes. Ils continuèrent ainsi jusqu'à se retrouver nus tous les deux. Enlever un vêtement, boire une gorgée de vin. Kodjo trouvait ça sexy.

L'homme était complètement rasé et il bandait.

Ils posèrent leurs verres et se regardèrent pendant quelques secondes. Puis la femme saisit le sexe de l'homme qui se laissa faire. Elle tenait une capote dans l'autre main.

Le téléphone de Kodjo sonna. Il alla le récupérer sur le frigo. Il lut le nom de Patricia sur l'écran. Peut-être voulait-elle sortir avec lui à nouveau, l'idée ne lui déplaisait pas. Ou alors, elle voulait juste échanger leurs heures de travail, mais ça il n'en avait aucune envie. Tandis qu'il hésitait à prendre l'appel, la sonnerie s'arrêta. Il retourna près de la fenêtre.

La femme s'était allongée sur le dos et l'homme était incliné au-dessus d'elle. Les yeux de la femme semblaient fermés, alors que l'homme examinait la chambre. Il bougeait de plus en plus fort, le corps de la femme commença à trembler sous les secousses. Un peu plus à chaque va-et-vient.

La distance entre les bâtiments n'était pas grande. Kodjo voyait distinctement le visage de la femme changer d'expression. Son regard refléta l'étonnement, peut-être même l'inquiétude. Son corps se contracta. L'homme lui parla en la pénétrant encore plus violemment.

Cela ne plut pas à la blonde. Elle avait l'air en colère. Elle parla. Non, elle cria.

Un cri silencieux depuis l'endroit où Kodjo se trouvait, mais un cri tout de même.

L'homme prit son élan et la frappa au visage. La femme mit les mains en avant pour se protéger. Mais l'homme la frappait toujours, tout en continuant ses va-et-vient brutaux. La blonde le repoussa avec ses mains et sa jambe repliée, de sorte que le coup suivant ne trouva que le vide. L'homme glissa du lit.

La femme se leva et se pencha sur lui. Kodjo vit du sang couler de sa bouche. Le client se leva et repoussa la femme, qui tomba sur le lit. Elle se releva instantanément. Elle semblait étourdie tandis qu'elle se dirigeait vers la porte de son appartement. Avant qu'elle puisse l'atteindre, l'homme la frappa à la tête de toutes ses forces. La femme tomba et son front heurta une commode. Ah ! Kodjo ressentit la douleur rien qu'en la regardant. Il porta instinctivement la main à son front. Lentement la blonde glissa à terre.

« Hé… », fit Kodjo. Mais personne ne pouvait l'entendre. La bouteille de bière lui glissa des mains et tomba sur le sol. Elle était en plastique et ne fit aucun bruit. Son cœur battait vite. Qu'était-il censé faire ? La femme avait l'air de passer un mauvais quart d'heure. Il attendait qu'elle se relève.

Kodjo alla chercher le téléphone sur le frigo. Quand il revint, rien n'avait changé. L'homme se tenait au-dessus de la femme et, de toute évidence, il lui hurlait dessus. Il avait toujours la trique. La femme ne bougeait pas.

Kodjo regarda l'écran sombre de son portable. S'il appelait la police, que dirait-il ?

« Bonjour, un homme est en train de dérouiller une femme ! »

« Bonjour, j'ai épié des gens en train de faire l'amour ! »

« Bonjour, je squatte l'immeuble vide à Moabit ! »

Peut-être que tout était déjà fini.

L'homme s'était agenouillé à côté de la femme et la secouait. Mais la femme bougeait comme un pantin désarticulé. Alors il se redressa. Retira la capote de son pénis. Posa la main sur son sexe et entama un autre va-et-vient.

Kodjo ferma les yeux.

Lorsqu'il les rouvrit, la lumière dans la chambre de l'autre côté de la rue était éteinte.

Kodjo fourra son téléphone dans sa poche et dévala les marches.

## 10

Il descendait les marches deux par deux. Malgré l'obscurité ça fonctionnait étonnamment bien. Kodjo avait réussi à atteindre le premier étage quand il posa le pied sur le bord d'une marche, glissa et dégringola jusqu'au palier suivant. En tombant, son coude heurta quelque chose de dur et il s'érafla la main, mais il se releva aussitôt.

Il n'arrivait pas à enfoncer la clef dans la serrure. Au bout de la cinquième tentative, il prit le temps de respirer profondément. Une fois. Deux fois. Le noir total. Il chercha le trou de la serrure à tâtons et fit un sixième essai. Ça ne lui posait jamais le moindre problème. Une simple histoire de doigté. Sauf que là, il n'y arrivait pas. Ses doigts tremblaient.

Enfin la clef glissa dans le cylindre. Il la tourna. Traversa la cour le plus vite qu'il put. Poussa la porte du bâtiment côté rue et prépara la clef pour la porte suivante. Ici, il y avait plus de lumière, il parvint instantanément à enfoncer la clef et se retrouva dehors. Kodjo courut jusqu'au carrefour et reprit ses esprits. Ralentit. S'il courait en salle plutôt que dehors, c'était pour une bonne raison. Du point de vue de la police, un Noir qui court est toujours un Noir qui fuit.

En approchant du coin de la rue, il s'arrêta devant une boulangerie. Elle donnait sur le carrefour, mais un peu en retrait. Lentement, Kodjo avança la tête pour jeter un coup d'œil dans la Rathenower Straße. Un homme marchait sur le trottoir d'en face. Il s'arrêta. Sembla essuyer le bas de son pantalon. Le visage du passant était caché par l'ombre d'un arbre. Puis Kodjo découvrit le chien au bout de la laisse. Ce n'était pas son homme. Que faire ?

Que pouvait-il bien faire ?

Depuis qu'il avait assisté au meurtre, c'était la première fois qu'il avait une pensée claire. L'assassin avait décampé depuis longtemps. Kodjo regarda dans tous les sens. Un peu plus loin, il y avait un couple qui se tenait par la main. Très jeune. L'homme au chien avait disparu. Les phares d'une voiture l'éblouirent. Elle approchait lentement.

Kodjo se dirigea vers la porte de l'immeuble où le meurtre avait été commis. Il ne pouvait rien faire. La femme était morte. La voiture qu'il avait aperçue le dépassa. Il allait simplement passer devant la porte d'entrée, jeter un coup d'œil de l'autre côté. Faire le tour du pâté de maisons et rentrer chez lui. Il s'abstiendrait de regarder par la fenêtre et, au matin, il rassemblerait ses quelques affaires et filerait au travail. Et jamais plus il ne reviendrait dans ce coin. Sûr et certain.

Il lui restait trois pas à faire. Deux. Le dernier. Le tout dernier. Kodjo monta les deux marches entre le trottoir et la porte. Lorsqu'il voulut regarder à l'intérieur du hall par la petite vitre, la porte s'ouvrit de l'intérieur. Son cœur s'arrêta. Quelqu'un le bouscula et l'avait déjà presque dépassé lorsqu'un cliquetis se fit entendre. Un trousseau de clefs tombé à terre. L'homme s'arrêta instantanément. Il se retourna, se baissa, ramassa son trousseau puis se faufila entre la porte et Kodjo. En cachant son visage le plus possible. Puis il franchit d'un bond les deux marches et disparut.

Kodjo resta planté dans le hall, hésita un long moment, puis se pencha vers l'extérieur. Il aperçut l'homme monter dans une Mercedes de l'autre côté de la rue et commencer à manœuvrer. C'était une voiture de sport. Deux portières. Gris métallisé. La carrosserie brillait même dans la pénombre diffuse de la nuit. Encore une manœuvre et il avait quitté la place de parking. À l'arrière, sur la malle, Kodjo remarqua un autocollant. Il était à moitié rouge, à moitié blanc. Quelques lettres étaient écrites en biais dessus. Kodjo sortit le téléphone de sa poche et prit hâtivement une photo. Au carrefour suivant, la Mercedes tourna à gauche. Il entendit un bruit de l'autre côté de la rue. Le jeune couple était tout près. En train de s'embrasser.

## 11

Kodjo laissa la porte se refermer. Il ignora l'interrupteur. Attendit quelques secondes pour s'habituer à l'obscurité. Ça sentait le détergent. L'odeur n'était pas forte, le personnel de nettoyage était peut-être passé l'après-midi. Ou bien quelqu'un avait nettoyé devant sa porte le soir même. Il monta les premières marches.

L'immeuble n'était pas aussi vieux que celui dans lequel il créchait. Ses chaussures ne firent pas un bruit dans l'escalier. Au premier étage, il s'arrêta un instant devant une fenêtre donnant sur l'arrière du bâtiment. Il vit « son » immeuble. Il était dans le noir complet. Même de ce côté-ci, alors qu'il n'y avait aucun accès à la rue, toutes les fenêtres du rez-de-chaussée étaient murées. La crainte des squatteurs avait imposé des mesures drastiques. Il continua à monter.

Pourquoi était-il venu ici ? Il n'y avait rien à voir. La porte de l'appartement de la femme blonde serait fermée. Et même si ce n'était pas le cas… on ne pouvait plus rien faire pour elle. Ou si ? Toujours au premier étage, il vit de la lumière passer sous le seuil d'une porte palière.

Il se dépêcha de monter jusqu'au deuxième étage, où tout était noir, idem au troisième. L'appartement de la femme blonde devait se situer au quatrième étage : quand il était dans sa piaule, il fallait baisser les yeux pour regarder chez elle. Il y avait trois portes sur le palier, Kodjo essaya de se représenter l'immeuble comme il lui apparaissait depuis sa chambre. Il exclut l'une des portes, celle de l'appartement qui donnait sur la rue. Aucun doute, celui qu'il cherchait se trouvait du côté gauche. Sur sa porte étaient collés trois petits cœurs roses. À côté de la sonnette, il y avait juste des initiales : R. S. Kodjo posa la main sur la poignée et appuya dessus.

Fermée. Exactement comme il s'y attendait. Il n'y avait plus rien à faire.

Il redescendit. En arrivant au deuxième étage, il entendit des rires plus bas. D'abord une femme, puis un homme. Un signe de gaieté et de sérénité, rien de plus. Ça devait provenir de l'appartement juste en dessous. Les rires se transformaient, on parlait. Peut-être se disaient-ils au revoir. Ou passaient-ils d'une pièce à une autre.

Kodjo voulait sortir de cet immeuble. Les voix s'éloignèrent de la porte palière. Il descendit aussi vite que possible au rez-de-chaussée. Puis stoppa net devant la porte qui donnait sur la rue. La main sur la poignée, il eut soudain une fulgurance. À quoi avait-il touché ? Il essuya la poignée avec son tee-shirt et retourna au quatrième étage où il essuya la poignée sur laquelle il avait posé la main. Puis il redescendit silencieusement les marches.

Il fit soigneusement glisser le bas de son tee-shirt sur la rambarde. Au deuxième étage, il entendit de nouveau les voix. Près de la porte cette fois-ci. Il s'arrêta et attendit qu'elles s'éloignent vers le fond de l'appartement. Quand il n'entendit plus rien, il reprit sa descente de l'escalier jusqu'au premier étage, essuyant toujours la rambarde avec son tee-shirt.

Il avait posé le pied sur le palier du premier étage quand la porte sous laquelle il avait aperçu de la lumière s'ouvrit. Une jeune femme en tee-shirt et short resta figée dans l'encadrement. Elle ne dit rien et se contenta de regarder Kodjo. La lumière venant de l'intérieur l'éblouissait légèrement, mais il vit la femme rebrousser chemin sans fermer derrière elle. Il se précipita dans l'escalier et, avant d'avoir atteint la sortie, il entendit la porte de l'appartement se refermer.

En franchissant le seuil de l'immeuble, il vit une petite feuille de papier blanc, il la ramassa et la leva dans la faible lumière d'un lampadaire. C'était le flyer d'un club qu'il ne connaissait pas. Il portait le nom d'un DJ quelconque. L'événement avait eu lieu le soir même.

## 12

Lentement, Kodjo entama la longue montée des marches jusqu'à son grenier. Il pouvait à peine lever une jambe après l'autre. Il était fatigué. Épuisé. Mais, plus que tout, il n'avait aucune envie de retourner dans son logement provisoire, ni de jeter ne serait-ce qu'un œil dans la chambre où la blonde venait de se faire tuer.

Quand il entra chez lui, il se dirigea pourtant directement vers la fenêtre et regarda en face. La pièce était totalement obscure. Il ne voyait rien. Pas même des contours.

Rassembler ses affaires et disparaître. Voilà ce qu'il fallait faire. Mais d'abord, il sortit la dernière bouteille de bière du frigo, jeta encore un coup d'œil sur la chambre obscure et s'assit sur son matelas. Il fallait qu'il trouve un abri pour la nuit du lendemain. Ça ne devrait pas être si difficile. Prendre ses affaires, faire son service au café, chercher un endroit où dormir, ensuite Jeanette rentrerait chez elle et son appartement serait libre. Une fois la bouteille vide, il s'allongea. Peut-être qu'il arriverait à se détendre un peu.

Lorsque Kodjo se réveilla, il faisait déjà jour. Il s'étira, se leva et se dirigea vers la fenêtre. Malgré la clarté extérieure, la chambre était sombre. Il crut voir les contours de la morte au sol, mais se détourna avant que ses yeux puissent accommoder. Il alla au lavabo, mit sa tête sous l'eau et se brossa les dents, puis enfila des sous-vêtements propres, un nouveau tee-shirt et rassembla ses affaires. *Sauve-toi.*

Pour finir, il jeta ses déchets dans un sac plastique et inspecta une dernière fois son étage. Plus aucune trace de son passage. Puis il se retourna et voulut descendre. S'arrêta. Juste un instant. Une dernière image d'en face. Il ne pouvait pas s'en empêcher.

En se dirigeant vers la fenêtre, il sentit la colère l'envahir. Il devait être plus fort. Résister à la tentation. Il savait déjà qu'il n'y aurait rien à voir.

On ne pouvait toujours pas distinguer quoi que ce soit à l'intérieur de la chambre. La lumière empêchait d'examiner plus en détail les contours faiblement éclairés derrière les carreaux. Kodjo promena ses yeux sur les autres fenêtres de l'immeuble. Des cuisines et des chambres à coucher, reconnaissables aux rideaux et aux colifichets accrochés derrière les vitres. À une fenêtre il y avait un pot avec un grand basilic. Dans une chambre, le plafonnier était allumé malgré la lumière du jour. Pile deux étages sous la chambre de la blonde qui s'était fait tuer la veille, il découvrit une main poussant un aspirateur à travers la pièce. Quand il posa de nouveau son regard sur la chambre de la morte, il sursauta de frayeur.

Quelqu'un se trouvait dans l'encadrement de la porte. Derrière cette personne, on voyait de la lumière provenant d'une autre pièce de l'appartement. Lorsque le plafonnier s'alluma, Kodjo aperçut l'uniforme de la police. L'agent resta quelques secondes dans l'encadrement. Puis il se dirigea vers la morte et se mit à genoux. Il toucha sa main. Se tourna et secoua la tête. Une collègue apparut dans le champ de vision de Kodjo ; elle était au téléphone. Pour appeler la Criminelle. Comme dans les séries télévisées.

## 13

Le café était presque vide quand il ouvrit la porte. Linde se contenta de hocher la tête en le voyant traverser la salle. Kodjo répondit avec le même signe et salua Ellen et Aaron qui se trouvaient dans la salle du fond, près des deux seules tables occupées. Dans la cuisine, Leticia préparait une sauce. Elle leva la tête vers lui et le fixa dans les yeux. « Nuit blanche ? »

Kodjo acquiesça en nouant son tablier.

« Peux-tu commencer par couper les oignons de printemps et le cresson ? demanda-t-elle.

— Bien sûr. »

Kodjo ferma le couvercle d'un tupperware rempli de cresson pour le mettre au frigo, puis se mit à hacher machinalement des oignons. Aaron passa la tête au-dessus du comptoir. « C'est mou aujourd'hui. Mais j'ai quand même besoin du gratin de chou-rave et de la salade de poisson. Salut Kodjo. Tout va bien ?

— Tout va bien, répondit Kodjo sans lever les yeux.

— Ça en est où pour ton ami ?

— Saïf ? Toujours pas réapparu. Ce n'est pas la première fois que ça lui arrive. S'il a la poisse, il restera enfermé un bon moment. »

Leticia prit une grande assiette dans les étagères devant elle et commença à la décorer. « Est-ce que Jeanette t'a mis à la porte ? » Elle montra les deux sacs qu'il avait posés dans un coin de la cuisine.

Kodjo secoua la tête.

« Non. Elle a besoin de l'appartement pour des invités. Juste quelques jours. Je squatte dans un taudis. À Moabit.

— Wouah. » Leticia sortit le moule à gratin du micro-ondes, le plaça prudemment sur une assiette et le posa sur le comptoir. « Vous êtes encore ensemble ?

— Oui.

— Ça doit être des invités importants. Et elle ne t'accueille pas chez elle ?

— Arrête de me poser toutes ces questions, tu veux bien ? »

Leticia se tourna vers lui. « Bien sûr. » Elle s'occupa de l'assiette suivante. Ellen déposa une feuille de papier sur le comptoir : « De quoi faire passer le temps. »

Après son service, Kodjo se dirigea par habitude vers la station de l'U7. Mais, une fois arrivé sur le quai, il se rappela qu'il n'avait pas besoin de retourner à Moabit. Jeanette l'avait appelé pour lui dire que son invité était reparti. Il pouvait donc rentrer dans l'appartement de la Weichselstraße. Lorsque le métro arriva, il y monta quand même.

Arrivé à Birkenstraße, il s'extirpa du souterrain en gravissant l'escalier par deux ou trois marches à la fois, dérogeant à l'obligation qu'il s'était imposée de ne jamais courir. Il se faufila dans l'immeuble condamné de la Perleberger Straße aussi discrètement que possible. Il trébucha deux fois en montant, avant, finalement, de tomber de tout son long. Dans les combles, il courut immédiatement à la fenêtre.

La chambre en face était éclairée. Kodjo vit deux puissantes lampes fixées sur de hauts trépieds. Il devait y en avoir au moins deux de plus, montées dans les autres coins de la pièce. Celle-ci était plus lumineuse que par un jour ensoleillé de juillet. Deux personnes vêtues de combinaisons blanches étaient en pleine discussion. Il ne distinguait pas si c'étaient des hommes ou des femmes. Même leurs cheveux étaient dissimulés. Le corps de la blonde avait déjà été emporté.

Il n'y avait plus rien à voir. Il n'aurait pas dû revenir.

Les deux personnes en blanc se rapprochèrent l'une de l'autre. L'une d'elles pointa son doigt dans diverses directions, l'autre hocha la tête. Puis la première tendit à nouveau le bras et, cette fois, son doigt était pointé exactement sur lui. Kodjo se baissa aussi vite que possible. L'avaient-ils vu ? Le visaient-ils ? L'immeuble était censé être vide, après tout. Tout doucement, il se redressa et regarda par-dessus le rebord de la fenêtre. Les lampes étaient toujours allumées. Mais les deux silhouettes blanches avaient disparu.

Kodjo fut pris de panique. Il attrapa hâtivement ses deux sacs et dévala l'escalier. Ils avaient peut-être décidé d'inspecter son immeuble.

## 14

Tandis qu'il préparait les herbes dans la cuisine du restaurant, Kodjo avait soudain pensé que les journaux s'étaient peut-être déjà emparés de l'affaire. Il avait fait des recherches sur son téléphone, mais il n'avait rien trouvé, à part un entrefilet. On y indiquait seulement qu'une femme de trente et un ans avait été retrouvée morte à Moabit. La police vérifiait la cause du décès. C'était tout ? Habituellement les faits divers ne l'intéressaient pas. Il était sûr qu'il y aurait autre chose.

Jeanette et lui étaient allés dîner. Chinois, comme elle aimait, et ensuite ils étaient rentrés chez lui, dans la Weichselstraße. L'appartement était exactement comme il l'avait laissé quelques jours auparavant. Pendant un instant il s'était même demandé si l'invité de Jeanette était vraiment venu. Jusqu'à ce qu'il trouve un petit flacon d'after-shave qui ne lui appartenait pas dans la salle de bains. Quelqu'un avait donc séjourné ici. Un homme.

Quoi qu'il en soit, elle s'était jetée sur lui avec avidité… Peut-être que ce type n'était pas un amant finalement. D'un autre côté, Jeanette pouvait être insatiable.

« Tu as l'air un peu absent. » Le son de sa voix le ramena sur terre. Elle avait replié le bras et prenait appui sur son coude. Sa queue reposait dans la main de Jeanette. Il n'avait pas remarqué que la tension de son corps s'était relâchée. Et son excitation en même temps. Il était fatigué.

« Qu'y a-t-il ? » demanda sa maîtresse. Elle regarda tour à tour ses yeux et son pénis. « Tu ne prends plus ton pied avec moi ?

— Je suis juste fatigué.

— Et qu'est-ce qui fatigue tant mon petit chéri ? » Elle lui sourit et lâcha son pénis.

« C'est juste Moabit. Je n'y dors pas très bien. Le matelas est plutôt mince.

— Tu n'auras plus à y retourner avant quelque temps. Promis. Juré craché. » Elle se leva et se pencha vers lui. Elle l'embrassa et commença à se rhabiller.

« Peut-être que tu as goûté à d'autres friandises ce week-end ? » Elle agrafa son soutien-gorge en le regardant d'un air inquisiteur. « Si tu vois ce que je veux dire.

— J'ai travaillé tout le week-end, Jeanette.

— Je sais… »

Peut-être aurait-il dû lui parler de sa fuite. Et de la police. Mais ça lui semblait opportuniste. Un moyen peu élégant de se justifier. Il n'avait pas envie de lui servir une excuse.

« Le trajet vers Moabit est tellement long. » Kodjo se redressa et tira la couverture jusqu'à son cou.

« J'ai encore un rendez-vous. » Jeanette sortit un flacon de parfum miniature de son sac à main en se regardant dans la glace de l'armoire. Elle déposa quelques gouttes derrière ses oreilles et sous ses aisselles. Souffla un baiser dans sa direction et le laissa seul.

Il ne prit conscience de sa propre mauvaise humeur qu'une fois tourné sur le côté, incapable de s'endormir. Il était tôt et une bonne nuit de sommeil lui aurait fait le plus grand bien.

Peut-être qu'aller courir lui permettrait de vaincre l'insomnie. Il se releva et enfila ses vêtements de jogging. Se rendit chez McFit, au pont de Cottbus, et démarra le tapis de course. Il stabilisa la vitesse à quinze kilomètres-heure et chercha à trouver le bon rythme.

Une fois qu'il l'eut trouvé, l'image de la blonde lui apparut. Quand elle avait tenté de fuir avant de prendre ce coup sur la tête. Personne ne voulait vivre une telle expérience. Comme il ne cessait de freiner pour ne pas se cogner contre l'armature de la machine, il augmenta la vitesse. La régla d'abord sur dix-sept, puis sur dix-huit, et finalement sur vingt kilomètres-heure. Il commença très vite à transpirer. Son rythme cardiaque s'accéléra. Mais l'image ne disparaissait pas. Il ne pouvait pas aller voir la police. Pas dans sa situation.

Vingt-deux kilomètres-heure, puis vingt-trois. Il était tout près d'atteindre ses limites. Il régla l'appareil sur la vitesse maximale. Vingt-cinq kilomètres-heure. Il courut jusqu'à avoir la sensation qu'il allait se faire éjecter du tapis. Hors d'haleine, il prit appui sur les supports latéraux pour soulever son corps et laissa pendre ses jambes dans le vide. Il était trempé de sueur et épuisé. Et furieux par-dessus le marché. Peut-être devrait-il en parler à quelqu'un ?

En ouvrant son casier, il trouva un SMS de Saïf : « De retour au “pays”, je te donne des nouvelles bientôt. »

# 15

« Chelsea ? T'es sérieux ? »

L'arrière-boutique de Huff était bondée. Comme tous les lundis.

Avant d'y entrer, Kodjo s'était arrêté dans la boutique et avait regardé le mur que le propriétaire avait décoré à sa façon. Une photo de l'équipe de foot de Chelsea là où, jusqu'ici, trônait celle de son club ghanéen préféré. À côté, quelques portraits des joueurs en maillot. Parmi les personnes présentes, Kodjo reconnut Benny, Issa et Sani. Ils étaient au moins vingt agglutinés dans ce petit espace.

Huff se tenait au milieu de la pièce. « Le club de Michael Essien, John Obi Mikel et Didier Drogba ! Vous trouvez vraiment que c'est une erreur ?

— C'est Chelsea, répondit un type.

— Un club qui pratique un football ennuyeux à mourir », lança un autre.

Quelqu'un tendit une bière à Kodjo, qui lança un euro dans le bol trônant sur la desserte à côté de la porte. « Vous n'avez qu'à aller ailleurs, lança Huff en sortant de la pièce. On vit dans un pays libre. Pas comme celui d'où tu viens, Sani, pas vrai ? » Il fit un signe de tête à Kodjo, tout sourire.

« Je veux juste les provoquer un peu, ajouta-t-il doucement. Des nouvelles de ton pote ?

— Ça va. Il a été renvoyé en Saxe.

— La Saxe, ça ne va pas du tout. » Huff sortit les clefs de la poche de son pantalon et alla fermer la porte du magasin. La nuit commençait à tomber. Il baissa les jalousies à mi-hauteur. Officiellement, l'arrière-boutique n'était pas un commerce, mais une salle de réunion. En plus, personne n'avait besoin de savoir ce qui s'y passait.

« Eula est rentrée ? demanda Kodjo.

— Oui. Mais elle est partie retrouver une copine. » Huff se mit à ranger les étagères avec les produits de beauté. Il sortit une boîte de sous le comptoir et l'ouvrit avec son pouce. Y ajouta des produits de coloration pour cheveux.

« J'ai vu une femme se faire tuer, dit Kodjo.

— Mhm. » Huff tira quelques paquets de l'arrière des étagères vers le devant et examina le résultat. Puis il se retourna brusquement. « Quoi ? »

Il avait prononcé ce mot si fort que, derrière eux, toutes les discussions cessèrent.

« Qu'est-ce qui se passe ? » demanda quelqu'un. Un type apparut. D'autres le suivirent.

« Kodjo a vu une femme se faire tuer.

— Où ça ?

— Merde.

— Des racistes ?

— Ici ?

— Et tu as pu t'enfuir ? »

Kodjo leva les mains comme pour stopper le flot de questions. Il n'avait pas prévu d'en parler à tout le monde. Mais maintenant, ils étaient tous là à le regarder. « Allez, dis-nous, l'implora Issa.

— Eh bien…, commença-t-il.

— Qui s'est fait tuer ? » Sani était au milieu du groupe. « Une Africaine ?

— Non. Une Allemande, répondit Kodjo en secouant la tête. Je ne sais pas son nom.

— Pas une Noire, fit Issa.

— Non.

— Raconte, réclama quelqu'un.

— Oui, vas-y », insista un autre.

Kodjo raconta. D'abord son accord avec Jeanette et les conditions de cet accord qui lui permettait de disposer de l'appartement de Neukölln. « En échange, mon loyer est très avantageux », précisa-t-il. Puis il parla des combles à Moabit.

« Ce n'est vraiment pas luxueux, mais c'est supportable. » Il ne dit pas grand-chose à propos de l'immeuble voisin. En tout cas, il ne dit pas qu'il espionnait la future victime de temps à autre. « Je suis à la fenêtre et j'ouvre ma bouteille quand je vois que le type… »

Quand il eut terminé son histoire, Issa demanda : « Et ensuite ?

— Je suis descendu.

— Tu as essayé de l'arrêter ? demanda quelqu'un.

— Ha ha, fit quelqu'un d'autre, il n'a pas de papiers. Il n'avait pas intérêt à se faire remarquer !

— Je l'ai vu. Nous nous sommes croisés devant la porte.

— Devant la porte ?

— De l'immeuble ?

— Celui où elle a été tuée ?

— Oui.

— Et ensuite ?

— Ensuite je l'ai vu filer en voiture. Une Mercedes. » Il omit de préciser qu'il avait pris une photo. Sinon ils l'auraient encore plus harcelé. Ils auraient tous voulu la voir.

« Et après ? demanda Issa. Tu as filé ou tu as appelé la police ?

— Après ? » Kodjo se mit à réfléchir. Il n'avait pas encore trié les images dans sa tête. Les images de cette nuit-là.

« Oh non, dit soudain Issa. Tu es monté ! »

Kodjo hocha la tête : « Oui.

— Merde.

— Mais je ne suis pas entré dans l'appartement. La porte était fermée.

— Est-ce que quelqu'un t'a vu ? »

Kodjo réfléchit. Il y avait eu cette femme. Au premier étage. Elle avait juste ouvert la porte un instant. Mais elle l'avait vu. Il continua de réfléchir tandis que ses auditeurs attendaient la suite. Elle s'était tenue dans la lumière et l'avait regardé. Il était dans le noir. Elle n'avait pas pu voir grand-chose. Le tee-shirt peut-être… Un tee-shirt du Hertha BSC, un club de foot.

« Non », conclut-il.

Combien de personnes portaient un tee-shirt du Hertha à Berlin ?

« Ce n'est pas bon, tout ça », jugea Huff.

D'un autre côté, combien d'Africains se promenaient avec un tee-shirt du Hertha sur le dos à Berlin ?

## 16

Kodjo dormit aussi profondément qu'un enfant et se réveilla peu après dix heures. Il était trop tard pour le café, le petit déjeuner et la douche s'il voulait être à l'Hibiskus à onze heures. Et il était définitivement trop tard pour aller à la salle et transpirer sur le tapis. Il opta pour la douche et prit son temps sur le chemin du café.

Quand l'ONG pour laquelle il avait travaillé avait perdu ses subventions, il s'était retrouvé sans emploi. Une amie lui avait dit qu'on cherchait quelqu'un pour les petits boulots de cuisine de l'Hibiskus. Il s'était dit que ce serait pour quelques mois à l'époque… Pour quelques mois, ça irait. Pourtant ça faisait plus d'un an et demi qu'il bossait dans le café de Linde. À vrai dire, le boulot était pas trop mal, ses collègues, sympas. Linde, avec qui il avait failli avoir une relation, connaissait sa situation et avait trouvé un moyen de l'inclure dans sa comptabilité. Il ne gagnait pas énormément, mais il ne payait pas d'impôts. Et grâce à Jeanette le loyer de son appartement n'était pas cher. En ce moment, il gagnait presque mieux sa vie qu'autrefois.

C'était absurde. Mais aussi dangereux. Kodjo avait beaucoup de mal à admettre qu'il s'était accommodé de cette situation. En réalité, il avait perdu de vue ses objectifs.

Mais quels étaient-ils ? Le premier : sortir de l'illégalité. Il n'y en avait pas de second. Pas tant qu'il n'aurait pas atteint l'objectif numéro un. Mais il ne savait pas comment y parvenir. Il en avait marre de chercher une femme qui accepterait de se marier avec lui. Surtout pas une autre Sandra, songeait-il quand une fille flirtait avec lui. En même temps, il n'avait pas de meilleure solution.

Pour les heures creuses de la matinée, entre le petit déjeuner et le repas de midi, il y avait beaucoup de monde dans le café, presque la moitié des tables étaient occupées.

Aaron apportait trois omelettes à une table. Il le salua. Dans l'autre salle, Ellen prenait des commandes. Derrière le comptoir, Linde dressait une assiette. Elle ne le vit pas entrer dans la cuisine. Un journal était ouvert sur une table qui n'avait pas été débarrassée. Kodjo vit tout de suite le gros titre : « Prostituée morte à Moabit – La police cherche des réponses. »

Il prit le journal et se rendit aux toilettes du personnel. Il referma la porte derrière lui et s'assit sur le couvercle.

Dans le chapeau, il y avait écrit : « La prostituée de 31 ans Dunya L. a été retrouvée morte lundi dernier au matin, dans la Rathenower Straße à Moabit. » Puis : « La police a précisé qu'il s'agissait d'un meurtre. Son porte-parole, Gunthard Müller, a expliqué que, soucieux de ne pas entraver l'enquête et le travail des policiers, il ne pouvait révéler aucun résultat. » L'article décrivait ensuite comment une amie de Dunya L. avait vainement sonné à sa porte. En entendant la sonnerie du téléphone portable de la morte dans l'appartement, elle avait commencé à s'inquiéter. Le concierge avait fini par ouvrir avec le double de la clef. Le porte-parole de la police demandait à toute personne susceptible de détenir des informations sur la façon dont la victime avait passé sa soirée et sa nuit de se manifester.

Kodjo repensa à la photo qu'il avait prise. Il sortit le téléphone de sa poche et la chercha dans l'album. En partie masquée par un arbre, on distinguait tout de même assez bien la Mercedes. Une voiture neuve. Assez chère. Kodjo zooma dans l'image. On voyait en partie la plaque d'immatriculation. B pour Berlin. Il distinguait aussi les lettres H et T. Les chiffres étaient cachés par le tronc de l'arbre. Et cet autocollant sur l'arrière. Il était blanc et rouge, les lettres étaient trop petites pour pouvoir les lire. Peut-être y avait-il quelque chose à faire pour les rendre plus nettes.

Il se leva et actionna machinalement la chasse d'eau. Que faire de la photo ? En aucun cas il n'irait voir la police. Puisqu'il était un clandestin, ils ne le laisseraient pas repartir. Devait-il la leur envoyer ? Ou bien la donner à quelqu'un qui pourrait ensuite la leur faire suivre ? Il devait réfléchir.

Après avoir posé le journal sur une étagère, il se dirigea vers la cuisine. C'était le jour de Karl-Heinz. Cuisinier de la vieille école, il avait été employé dans des restaurants étoilés – pas comme chef, mais il avait plus de bouteille qu'eux tous réunis – et avait depuis longtemps dépassé l'âge de départ à la retraite. À l'Hibiskus, il incarnait le style old school, et son canard à l'orange était une vraie tuerie. Lorsque Kodjo entra dans la cuisine, Karl-Heinz était en train de plonger les crevettes dans la marinade.

« Bonjour, mon ami, l'accueillit-il.

— Bonjour », répondit Kodjo.

À la radio on entendit le gong marquant l'heure juste, ils passaient les infos locales. « Prostituée morte à Moabit » fut la première brève. Kodjo tendit l'oreille, mais il savait exactement ce qui allait venir.

« Tu me coupes les pommes de terre pour le gratin ? » demanda Karl-Heinz. Cela signifiait, en vérité, qu'il devait disposer les pommes de terre préalablement tranchées, la sauce et le fromage et, quand ce serait le moment, sortir le gratin du four. « Trop de fromage bousille le gratin, disait toujours Karl-Heinz. Vas-y doucement. »

« Bien sûr. Je m'en occupe. »

À la radio, ils diffusaient maintenant un reportage depuis la préfecture de police. « La conférence de presse vient de se terminer, dit la voix d'une jeune journaliste. Et nous avons deux nouveaux éléments que la police n'avait pas révélés jusqu'ici. La prostituée Dunya L. a été frappée et elle est morte à la suite de sévères blessures à la tête. Par ailleurs, la police a maintenant un suspect. Un jeune homme qui pourrait être d'origine africaine a été vu sur les lieux du crime. Il a entre vingt et trente-cinq ans et, dans la nuit de dimanche à lundi, il portait un tee-shirt avec le logo du Hertha BSC. Tous les postes de police sont à votre écoute si vous avez des indices. »

Kodjo laissa tomber le plat à gratin. Il se brisa sur le carrelage.

## 17

Le soir venu, il s'enferma dans son appartement. De toute façon, il ne pouvait pas retourner à Moabit. Ni aujourd'hui ni plus tard. En plus du plat de gratin, il avait laissé tomber une assiette à dessert et un grand saladier. Linde ne lui avait fait aucun reproche. La casse était inévitable dans ce travail. Les dégâts émotionnels, c'était autre chose. Il s'était senti de plus en plus mal à mesure que son service avançait. « Quelque chose ne va pas ? » avait demandé Karl-Heinz, mais sans en faire toute une histoire, ce n'était vraiment pas son genre. « Ça va aller », avait répondu Kodjo. Il n'avait qu'une envie : rentrer à la maison.

À présent il y était. Et ne savait que faire.

Ils étaient à sa recherche. Selon la journaliste, il était un suspect. Il regarda encore une fois la photo. *C'est lui le coupable*, pensa Kodjo en fixant de nouveau la Mercedes. *C'est lui que vous devez chercher*. Puis il essaya encore une fois d'imaginer le meurtrier.

Il était aussi grand que lui. À moins qu'il ne fasse erreur ? Kodjo se souvint de la seconde où ils s'étaient croisés. Était-il déjà sur la marche la plus haute, pile devant la porte, quand l'homme l'avait ouverte ? Ou bien montait-il encore ? Il y avait eu cette fraction de seconde, le moment où ils s'étaient frôlés. L'homme qui tenait la porte, lui qui se faufilait à l'intérieur.

Oui, conclut Kodjo. L'homme était aussi grand que lui.

Commence tout en haut. Des cheveux courts, bruns. Rasés ou coupés ? Plutôt coupés, quelques millimètres de plus à l'arrière que sur le dessus de la tête.

Le visage : pouuuh… Un long nez avec une petite bosse. Depuis sa fenêtre, il n'avait vu que son profil. Une barbe. Non, stop. Pas rasé. Ou bien était-ce le contraire ? Oui, il avait une barbe de trois jours. Des poils au-dessus des lèvres et sur le menton ? Ou bien partout ? Et des rouflaquettes. Oui, voilà, des rouflaquettes qui se prolongeaient jusque dans la barbe de trois jours ! Et sinon, qu'avait-il retenu de son visage ? Pas grand-chose. Il l'avait d'abord vu de loin. Et ensuite juste un instant, dans le noir.

Mais il y avait autre chose. Dans le visage. Si seulement ça lui revenait. Il tenta de se concentrer, mais sans succès.

Les vêtements : chemise. Manches courtes. Bleu clair. Stop !

Quel âge avait-il ? C'était vraiment difficile à dire. Plus jeune que lui ? Vingt-cinq ans peut-être ? Non, plus. Qu'avaient-ils dit à la radio ? Un homme d'origine africaine entre vingt et trente-cinq ans ? Absurde. Trente-cinq ans, c'était presque le double de vingt. Mais quel âge avait le meurtrier ? Plus âgé que lui. Donc plus de trente et un.

Disons au moins trente-cinq ans. Pouvait-il aussi avoir plus de quarante ans ? À quoi ressemblaient les hommes blancs à cinquante ans ? On voyait beaucoup leurs rides. Mais pas de si loin et pas dans cette obscurité-là, devant la porte. Il n'avait pas cinquante ans. Disons donc entre trente-cinq et quarante-cinq.

Revenons aux vêtements : il y avait la chemise. Un jean bleu. Stop ! La chemise, quel style ? À quoi ressemblait le col ? Y avait-il des boutons sur le col ? Non. Mais les pattes de boutonnage n'étaient pas relâchées non plus. Ou si ?

Kodjo tenta de se souvenir de la façon dont l'homme portait sa chemise, en vain. Passa au jean. Classique. Levi's ou quelque chose du même genre. Voilà, c'était ça. Quoi qu'il ait porté... ce n'était pas bon marché. Pas étonnant, après tout, il conduisait une Mercedes neuve.

Quoi d'autre ? Les chaussures ? Rien à faire. Que remarque-t-on chez un être humain qu'on croise sur le pas d'une porte ? Le visage, la coiffure, les vêtements.

Les mouvements ! Bien sûr. Certains agitent les bras en marchant. D'autres bougent la tête comme des pigeons quand ils posent un pied devant l'autre. Il pensa à Issa, son ami sénégalais. Issa flottait quand il marchait. Et quand elle se levait, Jeanette rentrait toujours un peu la tête dans les épaules. Étrange de penser à Issa pile maintenant.

Mais cet homme... Le meurtrier... Ça lui revint d'un seul coup. Il avait des épaules larges. Et lorsque Kodjo l'avait suivi du regard, son pied coincé dans la porte de l'immeuble où cet homme avait tué la femme, il avait observé comment il bougeait. Il prenait son élan en partant des épaules. Il les poussait vers l'avant en marchant. Avant que son pied ne touche le sol, son épaule précédait le reste de son corps.

Et puis il y avait le flyer de cette boîte de nuit sur la friche RAW. Ça n'avait pas d'importance, il était probablement déjà là, dans le hall, avant qu'il tombe nez à nez avec le meurtrier. Mais...

Et là, il comprit pourquoi il avait pensé à Issa. Issa était danseur, ou plutôt il l'avait été. Mais quand il avait vécu à Paris, avant d'arriver à Berlin, il avait gagné son argent en peignant dans la rue. Kodjo avait besoin des talents d'Issa.

## 18

La boutique de Huff était déjà fermée. Kodjo frappa et attendit que Benny tourne la clef de l'intérieur. Il traversa le magasin. Dans l'arrière-boutique quelques personnes discutaient, assises en cercle, tandis que le JT passait à la télé. Des migrants étaient en train de traverser l'Europe. Destination : l'Allemagne.

Kodjo fit un signe de tête à Issa qui discutait avec un homme qu'il n'avait jamais vu. Il avait plus de quarante ans et portait un costume gris. La cravate sur sa chemise blanche était également grise, un peu plus sombre que le tissu du costume, le nœud était lâche. Ses chaussures étaient en cuir et avaient l'air chères. L'homme buvait sa bouteille de bière comme si c'était la dernière de sa vie.

« Cette histoire du BIP et de l'Afrique… purs mensonges », affirma-t-il. Kodjo n'arrivait pas à deviner d'où il venait. Ici on parlait allemand, car c'était la seule langue que tout le monde comprenait, et cet homme n'avait aucun accent. « Que tout le monde ait un téléphone et aille sur Internet ne révèle absolument rien du pouvoir économique. Puis-je en avoir une autre… Merci. » Il sortit une pièce de sa veste et la jeta pile-poil dans le bol. « Ce qui doit se passer en Afrique… »

Au JT, on diffusait un reportage sur un incendie.

« Chhhut, fit Huff.

— … un ancien hôtel et deux bâtiments annexes ont été victimes des flammes suite à un incendie à Chemnitz.

Après-demain, cent cinquante migrants syriens et libyens hébergés dans une école devaient y être relogés. » La journaliste était jeune.

« Les salauds, dit Huff.

— C'est déprimant. » Sani se leva et quitta la pièce. « Je ne peux plus regarder ça.

— La police pense à un incendie criminel », reprit la journaliste. Un garçon avait pris la pose derrière elle et leva le pouce. « On a retrouvé des traces d'accélérateur de feu à trois endroits. Les flammes se sont propagées à tout le bâtiment en quelques minutes. » Un homme plus âgé apparut à l'endroit où le garçon s'était tenu un instant plus tôt et regarda la caméra. Il fit un signe de tête et applaudit. Puis repartit.

Huff se dirigea vers la télé et l'éteignit. « Nos hôtes sous leur meilleur jour, dit-il.

— On pourrait peut-être les tuer ? » Benny se leva de sa chaise et, avec ses deux mains, feignit de tenir une mitraillette. Il fléchit les genoux et lâcha une rafale imaginaire qui tua pas mal de gens. « Ra-ta-ta-ta-ta ! »

Kodjo se trouvait toujours dans l'encadrement de la porte et réfléchissait à une remarque pertinente quand le type en costume prit de nouveau la parole : « Vous devez les comprendre.

— Qui ? demanda Huff. Les Allemands ?

— Les Blancs. Ce qu'ils portent en eux, c'est la mémoire collective de ce qu'ils nous ont infligé. Ça s'est passé il y a longtemps, mais ça fait partie d'eux. Réfléchissez… Ils ont tué ou réduit en esclavage des millions d'entre nous. Et maintenant, ils ont peur que nous fassions la même chose avec eux. Au fond, ils savent que, s'ils devenaient nos esclaves, ce ne serait que justice. » Il regarda les autres et afficha un large sourire. « Du moins ceux que nous laisserions en vie.

— Ah, Rudy, lança Issa. Deux semestres en psychologie et tu ne peux pas t'empêcher de nous expliquer comment fonctionnent les gens.

— Dix semestres, répliqua Rudy. En philosophie.

— À quoi ça peut nous servir ? demanda Benny. Si un Africain se fait brûler vif quelque part, tu ne peux pas le sauver avec des mots. »

## 19

« Ça ne lui ressemble pas vraiment. » Kodjo était penché au-dessus de l'épaule d'Issa.

« Je dessine seulement ce que tu me dis. » Issa allongea les rouflaquettes de l'homme. Il travaillait au crayon et les poils à côté des oreilles devenaient de plus en plus denses à chaque trait.

« C'est trop, dit Kodjo.

— C'est toi qui sais. »

Kodjo s'assit à la table, en face d'Issa.

Ils s'étaient rabattus sur la pièce du fond. « Je peux uniquement te décrire ce dont je me souviens. »

Huff entra. « Je vais devoir y aller. J'ai sommeil, les gars. »

Quelques minutes plus tard, Kodjo et Issa se retrouvèrent sur le trottoir devant la boutique fermée.

« On va chez Kurt ? » proposa Issa.

Kodjo opina.

« Chez Kurt » était un bistro traditionnel au fin fond de Neukölln qui avait changé de propriétaire quelques mois plus tôt. La nouvelle patronne avait gardé le mobilier, mais avait modernisé la carte des boissons. Au lieu du lecteur CD, elle utilisait un appareil sur lequel les clients pouvaient brancher des clefs USB. On ne savait jamais quel style allait passer la minute suivante, de la soul, du kwaito ou du free-jazz. Et c'était un endroit où personne ne vous regardait de travers.

Aujourd'hui ils passaient du rap old school. Grandmaster Flash, Run-DMC. C'était le bon côté du concept. Les clients apportaient souvent de la musique qu'eux-mêmes n'avaient pas écoutée depuis longtemps. Kodjo revint avec deux bières.

« Qu'est-ce que tu vas en faire ? » demanda Issa.

Kodjo regarda le dessin encore une fois. La faible lumière lui en donnait malgré tout un aperçu convenable. « Ce n'est pas si mal.

— Merci.

— Non… je veux dire… Ce n'est pas entièrement raté. Ce n'est pas son portrait fidèle, mais il y a des éléments qui correspondent assez bien.

— Lesquels ?

— Le nez, le menton. Quoique… La barbe. Le front aussi. Si on affiche ça dans toute la ville, on l'attrapera.

— On ?

— Eux.

— Les flics, tu veux dire ?

— Bien sûr. »

Pendant quelques minutes, ils burent leur bière en silence. Ils observèrent une femme en pantalon de cuir et débardeur passer sa clef USB par-dessus le comptoir. Ils se regardèrent en souriant. « Du rock, lança Issa. Ma main au feu. »

Quelques secondes plus tard, de la salsa sortit des enceintes.

« Qu'est-ce que tu voulais dire par… Comment tu as dit ça déjà… ? On l'attrapera ? » Issa regarda son dessin.

« Je disais ça juste comme ça.

— Mais qu'est-ce que tu veux faire ?

— Qu'est-ce que tu veux dire ?

— Attendre ? Attendre qu'ils l'attrapent ?

— Quoi faire d'autre sinon ?

— Tenter de ne pas te faire attraper par les flics ?

— C'est ce que je fais tous les jours.

— C'est pas faux.

— Tu vois.

— Mais qu'est-ce que tu veux faire ?

— Je ne sais pas. Peut-être que je vais envoyer le dessin à la police.

— Mm... oui... "Chère police, voilà le portrait du vrai meurtrier de Moabit" », plaisanta Issa en se retournant. Mais personne n'écoutait. « Donc, "Chère police, capturez cet homme et laissez-moi tranquille. Meilleures salutations, Kodjo". Quelque chose dans ce genre ?

— Oui, mais anonyme. »

Issa ne répondit rien. Le regard perdu dans le vague.

« Tu crois que je devrais m'y prendre autrement ? »

Issa hocha la tête. « Tu ne peux en aucun cas te fier à la police. Un Africain, ils ne pourraient pas trouver mieux comme suspect. Et ils viennent tout juste de commencer leur enquête.

— Tu veux dire... ?

— Je veux dire qu'à un moment ou à un autre, ils vont se mettre à chercher vraiment, si personne ne les oriente vers toi.

— Oui, oui... Je vois, j'ai compris. Tu crois que je ne suis pas le seul en danger. Comme dans le Görlitzer Park.

— Ce n'est pas comme ça que je l'aurais dit.

— Mais tu ne me contredis pas non plus.

— Non. Ce serait bête.

— Tu veux dire... »

Issa hocha la tête.

« ... que j'ai une responsabilité qui implique d'autres personnes que moi-même ?

— En tout cas tu dois y réfléchir. »

# 20

Issa était déjà en route vers Tempelhof quand Kodjo commanda une dernière bière. Issa avait de la chance. Il avait un passeport français depuis longtemps et, en plus, un mariage heureux. Il n'avait pas grand-chose à craindre. Qu'est-ce qu'il avait voulu dire ? À quoi devait-il réfléchir ?

Il devait se cacher. Ça, il le savait. Devenir invisible. S'évaporer. Et attendre que l'homme dessiné se fasse capturer.

Il prit de nouveau le portrait dans ses mains. Il devrait être affiché sur tous les panneaux de la ville, à hauteur de regard de tout le monde. Dans chaque quartier et dans chaque rue. Alors tout ce cirque serait bientôt terminé. Il replia le dessin et le rangea. Vida la bouteille, alla aux toilettes, paya et se retrouva devant le bar. Il était à peine plus de minuit. Pile le moment où, d'habitude, il évitait de se trouver dans la rue. Les flics étaient encore vifs à cette heure-ci, il ne leur tardait pas que leur service se termine. Plus tard dans la nuit, ils commenceraient à passer en mode réserve d'énergie et se contenteraient de réagir aux appels d'urgence. Mais maintenant… c'était dangereux.

Kodjo réfléchissait.

Éviter l'Hermannstraße. La Karl-Marx-Straße également. Trop large, trop de circulation, trop de lumière. Sur l'Hermannstraße il y avait les snack-bars où ces messieurs les policiers allaient manger. Pile à cette heure. Donc rejoindre le Körnerpark en passant par les rues secondaires, traverser la Karl-Marx-Straße d'une manière ou d'une autre et atteindre la Donaustraße. Aller vers le nord et disparaître dans l'Idealpassage où se trouvait son appartement.

Il regarda encore une fois derrière lui. Inspira profondément.

Allez, vas-y !

Il avança d'une centaine de mètres le long de l'Emser Straße. Il avait à peine fait quelques pas en direction de l'Hermannstraße, qu'il commença à douter. N'était-ce pas plus sûr d'effectuer un détour par l'ancien aéroport de Tempelhof ? Mais dans ce cas, il lui faudrait passer par le parc de Hasenheide. Il y avait aussi des dealers, et donc trop de flics de ce côté-là. Tout compte fait, il avait sans doute pris la bonne décision. S'arrêter discrètement au feu rouge. Par chance, quelques voitures circulaient, de sorte que son attitude n'éveillait pas les soupçons. Une dernière voiture, et le feu passa au rouge. Continuer sur l'Emser Straße.

Qu'est-ce que c'était là-bas ? Ce véhicule n'était pas celui d'un citoyen lambda. Merde, c'était une voiture de flics ! Trop loin, pas de précipitation. Malgré tout, il fit demi-tour un peu trop vite et se dirigea vers l'Hermannstraße. Il se le reprocha aussitôt. Parmi toutes les choses qu'un clandestin ne devait pas faire, la première était d'éviter d'attirer l'attention par des mouvements brusques. Paniquer sur la voie publique signifiait l'expulsion presque à coup sûr.

Kodjo disparut au coin de la rue et s'immobilisa brièvement. Une règle de base : si tu peux t'arrêter ne serait-ce qu'un instant, alors fais-le. Réfléchis avant d'agir. Bientôt la voiture gris et bleu de la police allait arriver à sa hauteur. Peut-être l'avaient-ils vu faire demi-tour. Peut-être même qu'il avait fait demi-tour parce qu'ils l'avaient vu. Mais il se pouvait aussi qu'ils n'aient rien remarqué. Ils étaient occupés. Ils mangeaient. Ils faisaient des blagues. Ils étaient fatigués.

Retourner chez Kurt ? Ou bien continuer vers Tempelhof ? La rue qui longeait l'ancien aéroport était calme et offrait même quelques buissons pour se cacher.

*Décide-toi.*

*Décide-toi tout de suite !*

Au moment où il résolut de prendre l'Hermannstraße, un fourgon de police arriva du sud. Kodjo se raidit à nouveau, tout son corps en alerte. La voiture de patrouille était encore derrière la voie ferrée, elle roulait lentement mais se dirigeait vers lui. Peu importe le chemin qu'il prendrait, les policiers le verraient. Il continua dans la même direction. Vers l'Hermannstraße.

D'abord, il accéléra la cadence de ses pas. Puis il les allongea. Il se retourna. Les voitures de police venaient de se croiser au carrefour. La communication entre les passagers des deux véhicules se déroula vitres baissées. À ce moment-là, Kodjo décida de faire ce qu'en fait il voulait éviter de faire.

Il se mit à courir. Il lui suffit de trois, quatre foulées pour gagner de la vitesse. Il entendit aussitôt le glapissement de la sirène et la voix d'un homme. « Arrêtez-vous immédiatement. »

Kodjo fit exactement le contraire. Il se retourna encore une fois et changea de trottoir. Hormis les voitures de police, aucun véhicule ne circulait. Traverser la rue, passer la transversale suivante, et il disparut dans une ruelle sombre qui longeait le grand cimetière dont il ne connaissait pas le nom.

Le policier derrière lui répéta son injonction : « Arrêtez-vous immédiatement ! » Accompagnée de la sirène et des gyrophares. *C'est bizarre*, songea Kodjo, chaque fois qu'il s'était imaginé fuyant les flics, il s'était vu prendre cet itinéraire. Il allait disparaître ici et sauter par-dessus le mur du cimetière à sa droite. Sur l'Hermannstraße, les deux voitures freinèrent. Elles ne pouvaient plus le suivre.

L'idée était très simple. Ralentir, monter avec le pied droit sur le petit rebord, prendre son élan et bondir par-dessus le mur. Alors il décéléra – « Surtout, ne t'arrête pas », s'ordonna-t-il à voix haute –, monta sur le rebord, puis se hissa sur le mur. Un saut et il atterrit derrière. Il cassa une branche d'arbre, mais ne se blessa pas.

« Il est dans le cimetière ! » cria une voix de l'autre côté. C'était la fin, il était cuit. La conclusion de cette histoire qu'il avait imaginée de multiples fois. Prendre le sentier obscur, sauter par-dessus le mur. Dans son rêve, cela avait suffi. Mais là, maintenant, la réalité imposait sa vérité.

*Réfléchis une seconde. Envoie de l'oxygène à ton cerveau.* Quelle était la marche à suivre ? À part lui, il n'y avait personne dans ce cimetière. C'était fermé. Il n'était pas ici de son plein gré, il était en fuite. La prochaine étape était évidente. Il devait sortir de là au plus vite. Avant que les flics ne l'encerclent. Avant qu'ils n'ouvrent le portail et commencent à passer les allées au peigne fin. Ou même que certains d'entre eux franchissent le mur de la même manière que lui.

Il faisait nuit. Les lampadaires de l'Hermannstraße et les lumières provenant des immeubles de l'autre côté du cimetière, ainsi que la lune ou quoi que ce soit qui brillait au-dessus de lui, l'aidèrent à s'orienter. Kodjo marcha droit devant, s'éloignant du mur. Il était seul, eux progressaient en groupe. Les groupes engendrent toujours de l'inertie. Le surnombre paralyse.

Kodjo sauta par-dessus plusieurs tombes, troublant ainsi bon nombre de repos éternels. Il lui fallut à peine quelques instants pour atteindre le mur d'en face. Il le franchit avec la même facilité que le précédent, puis s'engouffra dans la Leinestraße. Dès qu'il atteindrait la Schillerpromenade, il aurait de bonnes chances de s'en sortir. Plusieurs rangées d'arbres et des voitures garées lui offrirent la protection qu'il cherchait. Il voyait déjà l'allée. Quelque part derrière lui les gyrophares des voitures de police tournoyaient, mais il réussit tout de même à retrouver son calme. Il arrêta de courir. Ôta sa veste noire et la retourna pour qu'on voie la doublure grise, et la porta à la main. Il était toujours un Africain en fuite. Mais maintenant il était un Africain en tee-shirt vert.

## 21

Tôt le lendemain matin, Kodjo était assis dans la cuisine de Marie. Elle habitait dans un appartement de la Manteuffelstraße à Kreuzberg qu'elle partageait avec Anna. Une barre typique de l'Ouest. Anna venait de se joindre à eux. Elle portait un tee-shirt et une culotte. Kodjo la connaissait également de l'Hibiskus où elle avait été serveuse, avant de commencer récemment à travailler pour une agence de web design. Pour compléter ses revenus, le soir elle faisait quelques heures dans un bar du coin.

« Tiens tiens… », dit-elle en rejetant ses longs cheveux blonds derrière ses épaules. Elle se frotta les yeux, puis fit un grand sourire à Marie.

« Épargne-nous tes commentaires ! » Marie versa du café dans deux tasses, puis alla en chercher une troisième dans les étagères qu'elle remplit également. « On est en train de s'occuper de… Je t'en avais parlé, tu peux même nous aider.

— Ils sont toujours à ta recherche ? demanda Anna.

— Tu lui en as parlé ? » Kodjo regarda Marie.

« Bien sûr, fit-elle. Entre filles, on se raconte ce genre de choses. »

Elle lui sourit.

« Attendez », dit Anna avant de disparaître dans sa chambre. Elle revint vêtue d'un jean et jeta un journal sur la table. « Voilà, l'enquête continue, mais ils n'ont rien. En fait, ils ne savent pas qui ils cherchent.

— Ils ignorent surtout qu'ils cherchent le mauvais type, ajouta Marie.

— À supposer que ça les intéresse de trouver le bon…, continua Kodjo.

— Mais s'ils croient vraiment que c'est toi qui as tué cette fille ? » Anna s'assit à table avec eux. « Bon… c'est quoi votre plan ?

— J'ai une photo, dit Kodjo.

— Et moi, je me suis dit que tu pourrais nous aider vu que tu t'y connais en informatique. » Marie fixa Anna droit dans les yeux.

« Tu travailles dans quoi exactement en ce moment ? demanda Kodjo.

— Ah… Je fais des remplacements dans une agence. De la pub en ligne. Montre-moi la photo. »

Kodjo lui tendit son téléphone. Sur l'écran, on voyait la Mercedes. « L'autocollant, là. Tu peux l'agrandir pour qu'il soit reconnaissable ? »

Anna regarda la photo puis Kodjo. « Je peux essayer. Pourquoi est-ce important ? »

Comme il ne répondit pas sur-le-champ, elle insista : « C'est lui ? Tu l'as vu ? » Puis elle se tourna vers Marie : « Tu ne m'as pas parlé de ça. »

Kodjo raconta encore une fois ce qui s'était passé dans la nuit de dimanche à lundi. Anna agrandit la partie de la photo où se trouvait l'autocollant. « Tu en as une meilleure ?

— Non. » Kodjo secoua la tête.

« Donc nous savons plus de choses sur sa bagnole que sur lui », conclut Anna. Elle se leva et alla chercher son ordinateur portable. Une fois revenue, elle connecta le téléphone à l'ordinateur et lança un logiciel.

« Je ne peux pas faire plus que ce qui est possible, le prévint-elle.

— Je sais. »

Elle zooma sur la tête du meurtrier. « Tu te rappelles certains détails de son visage ? »

Kodjo sortit le dessin d'Issa de sa poche et le tint de manière à ce qu'elles puissent le voir toutes les deux.

« Wouah, fit Marie. Qui a fait ça ?

— Un ami. Issa.

— Est-ce que je le connais ? demanda Marie.

— Je ne crois pas.

— Et ça correspond au portrait de ce type ? » Anna tenta de rendre plus net le profil droit du visage. Le meurtrier se tournait légèrement vers ce côté, juste assez pour qu'on voie une partie de sa tête. Lentement, des contours apparurent. On discernait une bonne partie de son nez. Le menton était plus pointu que dans son souvenir. Kodjo regarda le portrait-robot d'Issa. Il pourrait l'améliorer. En revanche, les oreilles lui semblaient assez différentes de celles de l'original.

« C'est quoi ça ? demanda Marie en pointant l'écran.

— Quoi ? firent Anna et Kodjo simultanément.

— Là. Il y a quelque chose sur son nez. »

Tous les trois fixèrent l'écran.

« Qu'est-ce que ça peut être ? » s'interrogea Anna. Elle se leva et éteignit le plafonnier. L'obscurité de la pièce permettait de mieux voir l'intérieur de la voiture.

« Et ça, c'est quoi ? demanda Marie.

— Quoi ? rétorqua Kodjo.

— Quelque chose est accroché au rétroviseur, non ? »

Tous les trois scrutèrent l'élément désigné par Marie.

« On dirait une…, dit Marie. C'est une…

— Une raquette de tennis ? »

Elle pendait là, presque perpendiculaire à l'angle de la prise de vue. Une fois que le mot avait été prononcé, il n'y avait plus eu aucun doute. Une raquette de tennis miniature était effectivement accrochée au rétroviseur. Elle mesurait à peine quelques centimètres.

« Ça existe encore ? demanda Anna.

— Quoi ?

— Le tennis. Je veux dire… Qui joue encore au tennis de nos jours ?

— Les vieux ? lança Marie.

— Un sport de Blancs », fit Kodjo avant d'éclater de rire.

Marie se joignit à lui.

Anna se tourna et comprit la blague avec un temps de retard. Puis elle se mit elle aussi à rire. « Autrefois il y avait un grand tournoi de tennis ici, non ? »

Marie et Kodjo haussèrent les épaules.

« Aucune idée, dit Kodjo. Et sur le nez, c'est quoi ?

— Un bouton. Anna.

— Un grain de beauté. Marie.

— Un brillant ? » Kodjo.

Ils se turent quelques secondes, puis Marie conclut : « Je crois que c'est ça. Un brillant. Un homme qui joue au tennis est largement capable de se fourrer un brillant dans le nez.

— N'importe quoi. Le tennis et le brillant sont ringards, mais ça ne va pas forcément ensemble. Si ? demanda Anna.

— Peut-être qu'on devrait se concentrer sur l'autocollant. » Kodjo s'impatientait. L'autocollant était l'indice dont il espérait tirer le plus d'éclaircissements sur la personne à laquelle ils avaient affaire. « On pourra revenir sur cette intéressante théorie après.

— Bon. » Anna zooma petit à petit sur l'autocollant. Au début, il devint juste plus grand et moins net. Il avait un cadre rouge et une surface quasiment blanche. Mais il y avait aussi des lettres sur l'aplat de couleur. Sauf qu'on ne pouvait pas les reconnaître. Elles ressemblaient à un décor mobile en forme de marches accrochées dans le vide.

Anna joua avec différents raccourcis clavier et changea la clarté, puis la netteté tout en continuant de zoomer et de dézoomer, ce qui créa un effet étrange. Tout à coup, certaines lettres commencèrent à se détacher.

« Attends ! s'écria Kodjo. Il y a quelque chose.

— Je peux améliorer les détails. » Anna appuya prudemment sur quelques touches et fit ressortir davantage de lettres. Finalement elle regarda son œuvre et lança : « Voilà. Je ne peux pas faire mieux. »

Une première rangée de grandes lettres noires apparut : « B B BAU ». La ligne en dessous était plus difficile à déchiffrer.

« Vous arrivez à lire ? demanda Anna.

— "Nous construisons"..., commença Kodjo.

— "... le Berlin du XXIe siècle", compléta Marie.

— Vous avez déjà entendu parler de ce truc ? » Kodjo.

Marie et Anna firent non de la tête. Puis Marie se mit à taper sur son téléphone. Attendit un moment. « J'ai une adresse à... Je crois que c'est à Friedrichshain, Storkower Straße. Il y a même quelques photos. Des hommes plutôt âgés en costume. Regarde, Kodjo. » Elle lui tendit son téléphone.

Il regarda les photos des types en costume et haussa les épaules. « Ce n'est aucun d'eux. Je ne sais pas si tout cela nous aide vraiment. L'autocollant peut avoir plein de significations.

— Et qu'est-ce qu'on fait du portrait ? voulut savoir Marie.

— On ne va sûrement pas le distribuer à Moabit. "Connaissez-vous cet homme ?" » Anna ouvrit son navigateur.

« Mais on peut l'afficher, dit Kodjo.

— Où ça ? Marie.

— À Moabit.

— Je connais un moyen plus efficace. » Kodjo vit la page Facebook d'Anna apparaître à l'écran. Marie se posta à côté de lui. « C'est quoi ton idée ? »

Anna se leva. « Attendez. » Elle disparut dans sa chambre avec son ordinateur et le dessin et revint deux minutes plus tard. Elle orienta l'écran de manière à ce que tous deux puissent bien le voir. Le visage du meurtrier y apparut, avec une incroyable netteté. Elle avait scanné l'œuvre d'Issa.

Anna se rassit et ouvrit de nouveau son navigateur. Elle ouvrit une autre fenêtre sur Facebook et y fit apparaître le visage. Kodjo et Marie regardèrent par-dessus l'épaule d'Anna lorsqu'elle commenta la photo. « Qui connaît ce prédateur sexuel ? écrivit-elle. Partagez l'image. Et dites à tous vos amis d'en faire autant. Il y a environ une semaine, cet homme m'a agressée à Moabit. C'était autour de minuit, il m'a attrapée par-derrière et m'a tripotée. Il n'y avait personne d'autre dans la rue. Quand j'ai voulu crier, il m'a mis la main sur la bouche. Je lui ai enfoncé le coude dans le ventre et j'ai pu me retourner. C'est là que j'ai vu son visage. Une fois ma bouche dégagée, j'ai crié et il s'est enfui. Il mesure environ 1,85 mètre et il est mince. Il a sûrement plus de 30 ans, mais probablement pas encore 40. Peut-être le reconnaissez-vous ? » Anna relut une dernière fois le post et appuya sur la touche « entrée ».

« Hmm..., fit Marie.

— Quoi ? » Anna se tourna et leva les yeux vers ses deux amis.

« Ça ne s'est pas passé comme ça, dit Marie.

— Mais ce sera plus efficace. »

En dessous de la publication s'afficha un commentaire. « Merde. Heureusement que tu as pu t'enfuir. J'ai déjà partagé. » La personne s'appelait Lotti Litti, sûrement pas un nom tiré d'un passeport. Un autre commentaire arriva, de la part de Hannah Trois : « Pouh, j'espère qu'ils attraperont ce salaud !!!!!! J'ai dit à tout le monde de partager. »

« La preuve », dit Anna.

D'autres commentaires s'affichèrent. Kodjo remarqua qu'Anna avait plus de deux mille amis Facebook. Ça allait se répandre comme une traînée de poudre.

# 22

« Ne te retourne pas constamment », l'exhorta Marie alors que, en cette fin d'après-midi, ils se promenaient le long de la Spree. D'un côté, l'eau ; de l'autre, les décombres d'un parc d'attractions. « Personne n'est à tes trousses. »

Quelques secondes plus tard, elle ajouta : « Si, ils te cherchent, mais ils ne savent pas que c'est toi qu'ils cherchent. Et même s'ils le savent, ils ne t'attendent pas au coin de la rue. Compris ?

— Oui, oui. Je sais, répondit Kodjo en regardant de nouveau derrière lui. Mais j'ai quand même l'impression d'être suivi. Quand je sors d'un immeuble, il me semble sentir une main sur mon épaule. Et j'entends une voix qui me dit : “Suivez-moi, monsieur Awusi. C'est pour votre bien. Vous ne pouvez pas fuir toute votre vie.” Je ne sais même pas si cette voix parle du meurtre ou de mon statut de clandestin. Mais, au final, ça ne fait aucune différence.

— Bien sûr que ça fait une différence. Dans un cas, ils t'expulsent ; dans l'autre, ils te jettent en taule pour un paquet d'années.

— J'ai l'impression que c'est pareil.

— Ah, ne dis pas ça. Tu vas t'en sortir. Tu n'as pas le choix ! »

Kodjo tourna la tête pour voir le profil de Marie. Ses cheveux drus. Ses boucles d'oreilles vert et rouge. Le piercing dans son sourcil. Mais surtout son sourire. À l'instant, les commissures de ses lèvres étaient justement en train de se relever. Elle savait probablement qu'il la regardait, mais elle n'en laissa rien paraître.

*Comme j'aimerais tenir sa main !* Mais il n'osa pas exprimer cette pensée à voix haute. Et encore moins faire le geste.

« Vous parlez quelle langue à la maison ? demanda-t-il à la place.

— Un peu de tout. Français. Bambara. Baoulé. Allemand. Quand on est arrivés à Berlin, mes parents voulaient qu'on maîtrise l'allemand. Alors on a beaucoup pratiqué cette langue entre nous. Mais plus tard, quand on a été plus grands, ils étaient moins à cheval sur ce principe. Et lorsque je vais voir ma mère aujourd'hui, je parle toujours français.

— Tu as des frères et sœurs ?

— Deux petits frères. Le plus jeune va bientôt quitter la maison. Maman sera toute seule.

— Et ton père ? Il est mort quand ?

— Il y a six ans. Un infarctus. Il ne se sentait pas bien, il s'est allongé. Et il est parti comme ça, tout simplement. Personne ne s'en est aperçu.

— Ça t'inquiète que ta mère se retrouve bientôt seule ?

— Oui… Regarde ces deux-là. » Marie fit un geste du menton vers un couple qui marchait dans leur direction. Il était encore loin, mais, même à cette distance, Kodjo percevait leur agressivité. Ce genre de sensation fonctionnait comme un signal d'alarme. Un garçon et une fille, pas encore adultes. Ils portaient des bottes et de gros blousons, alors que la chaleur et le soleil pesaient encore en cette fin de journée.

Le garçon avait une raie sur le côté, la fille avait noué ses cheveux en queue-de-cheval. Ils marchaient main dans la main. Leurs regards brûlèrent la peau de Kodjo. Quand ils furent tout près, ils entendirent une sorte de sifflement. De l'air poussé à travers les incisives.

« C'était quoi, ça ? demanda Marie lorsqu'ils les eurent dépassés.

— Le sifflement ?

— Mhm…

— Aucune idée.

— Ça n'avait rien d'amical.

— C'est sûr. »

Ils marchèrent en silence pendant un moment.

« Tu voulais me parler de ta mère, reprit Kodjo.

— Oui… Je ne sais pas ce qu'elle veut faire. Parfois elle dit qu'elle veut rentrer chez elle.

— C'est où, ça ? À Paris ?

— Non. En Côte d'Ivoire. Nous y avons une maison. Pas loin d'Abidjan. C'est beau là-bas. C'est au bord de la mer.

— Vous avez quoi comme passeports ?

— Maman a les deux, le français et l'ivoirien.

— Et toi ?

— Nous, les enfants, nous avons des passeports allemands – nous avons grandi ici. Et ta famille ? Elle est où ? Ils vivent tous au Ghana ?

— Oui, tous. Je suis le seul à être parti.

— C'est inhabituel, non ?

— Nous ne sommes pas pauvres.

— Raconte.

— Mon père a tout un tas d'entreprises. Et des participations dans bon nombre d'autres boîtes. Il a vraiment beaucoup de fric.

— Pourquoi es-tu parti alors ?

— J'en avais envie. Je connaissais le Ghana. Je voulais vivre en Europe.

— Et maintenant ?

— Je veux toujours vivre en Europe.

— Tu communiques avec ta famille ?

— De temps en temps.

— Et ils ne peuvent pas t'aider ?

— Ils ne savent pas que je suis devenu un clandestin, si c'est ce que tu veux savoir. À part ça… comment pourraient-ils m'aider ? Je gagne de l'argent. Même si ce n'est pas beaucoup, moi, ça me suffit.

— Tu étais près d'obtenir la nationalité allemande ?

— Oui. Vraiment pas loin.

— Pourquoi ta femme a divorcé ?

— Sandra est comme ça, tout simplement.

— Tu la hais, du coup ? »

Ils s'arrêtèrent à l'embranchement du canal à Treptow.

« Je ne la déteste pas, dit Kodjo. Mais je suis fâché contre elle.

— Et contre toi aussi ?

— Qu'est-ce que tu veux dire ?

— Eh bien… de l'avoir épousée ?

— J'étais amoureux. Qu'est-ce qu'on fait maintenant ?

— On n'a qu'à faire demi-tour », répondit Marie en posant brièvement sa main sur son bras.

## 23

La sonnerie aiguë de son réveil avait tiré Kodjo du lit aux aurores. Café et toilette de chat, puis le métro pour se rendre à la Landsberger Allee à Friedrichshain. Ou bien était-ce Prenzlauer Berg ? Il ne le savait pas exactement. Il avait lu dans un article en ligne que la police avait parlé à plusieurs personnes considérées comme des témoins importants. Quoi que cela voulût dire. Qui étaient ces témoins ? La femme du premier étage, bien sûr. Mais sinon ? L'homme au chien n'avait rien vu. Le couple avait été bien trop occupé à s'embrasser.

Depuis huit heures du matin, il se trouvait devant le bâtiment administratif de la Storkower Straße et observait les gens presser le pas vers leurs lieux de travail. Il gardait ses distances, quatre voies réservées aux voitures et deux pour les bus le séparaient de l'autre côté de la rue. Il avait une bonne vue sur le panneau qui informait les passants de l'occupation des étages. B B Bau avait ses bureaux au dixième étage, tout en haut.

Kodjo rejoignit le carrefour avec la Landsberger Allee et alla se chercher un café et un sandwich dans une boulangerie. Puis il passa lentement devant l'immeuble. Les gens continuaient d'affluer, même si le flux avait un peu diminué. Il ne voulait pas s'y présenter trop tôt. Certes, il semblait plus simple de passer devant le guichet du gardien en même temps que des employés. Pourtant il estimait qu'il aurait plus de chances en entrant seul dans le bâtiment. Mais que se passerait-il si quelqu'un lui demandait ce qu'il venait faire là ? Quelle explication donnerait-il ? Quand on montait jusqu'au dernier étage, on ne pouvait invoquer l'excuse de s'être perdu.

Kodjo voulait comprendre comment le type en uniforme traitait les nouveaux arrivants après l'heure d'ouverture des bureaux. Ensuite il déciderait.

Cent mètres plus loin, il retraversa la rue et s'assit sur un muret. But le café, mangea son pain. Tout ça très lentement. Tant qu'il était occupé, personne ne ferait vraiment attention à lui. Kodjo attendit neuf heures et quart. Puis il se leva et flâna de nouveau jusqu'au poste d'observation qu'il avait occupé tout à l'heure. Il ne restait plus que quelques retardataires. Dans le bâtiment, il y avait une petite filiale d'une mutuelle, des conseillers fiscaux, une dentiste et tout un étage de boîtes de production cinéma.

Assis derrière son bureau, le gardien levait à peine les yeux quand les gens entraient. La voie était donc libre. Kodjo retourna au carrefour de la Landsberger Allee et jeta son gobelet de café, vide depuis longtemps, dans une poubelle. Puis il traversa la rue et se dirigea lentement vers l'immeuble.

Le gardien lisait un magazine, les yeux baissés, quand Kodjo se dirigea vers les ascenseurs. Il attendit, monta dans l'un d'eux et appuya sur la touche portant le numéro deux. Arrivé à destination, il sortit de l'appareil et se dirigea vers la cage d'escalier. Il commença à gravir les étages à pied.

Deux jeunes femmes descendaient du troisième. L'une d'elles le regarda dans les yeux en le croisant. Il se retint de se retourner, même s'il en mourait d'envie.

Il ne rencontra plus personne jusqu'au cinquième étage, où il vit une femme entrer dans un bureau. Tout semblait extrêmement calme. C'était le moment de la journée où les employés étaient le plus affairés. Plus il montait, plus les bruits diminuaient. Il venait de passer le neuvième étage quand il s'arrêta brièvement. Aucun bruit au-dessus. Il monta lentement les dernières marches une par une. Que dirait-il si quelqu'un venait à sa rencontre ?

Arrivé au dernier étage, il ne releva toujours aucun signe d'activité. Tout au bout du long couloir, il vit la lumière du jour qui émanait d'une façade en verre. Toutes les portes étaient fermées. Pas à pas, il traversa le couloir. Tantôt à gauche, tantôt à droite, il tendait l'oreille pour tenter d'entendre ce qu'il se passait derrière les portes. Silence intégral.

Sur les murs, il y avait des affiches de projets de construction dans toute l'Allemagne, ici une salle de concerts à Darmstadt, là une école à Oldenburg. Rien à Berlin. Parvenu au bout du couloir, il se retourna. Plus de vingt portes. Aucun bruit nulle part. De toute évidence, l'entreprise B B Bau n'existait plus. Il repartit lentement en sens inverse. S'arrêta de nouveau. Puisqu'il n'y avait personne ici, il pouvait tranquillement jeter un œil derrière une de ces portes. Il posa sa main sur une poignée. Colla l'oreille contre le battant pour être sûr de ne surprendre personne. Il appuya sur la poignée et, alors qu'il s'était dit qu'elles devaient toutes être fermées à clef, la porte s'ouvrit. Un bureau vide. Deux tables de travail sans ordinateur, pas de papiers qui traînaient. Des chaises. Une vieille machine à café posée sur une desserte sous une fenêtre. Une armoire en métal dans un coin. Il se dirigea vers elle en se demandant s'il ne ferait pas mieux de refermer la porte, voire de pousser le verrou. Peu importe. Vite, vérifier si l'armoire s'ouvrait.

Un jeu d'enfant. Deux des six étagères étaient remplies de dossiers. La troisième était vide. Sur la quatrième, il y avait des enveloppes contenant des lettres, certaines ouvertes, d'autres fermées. Les deux étagères du bas étaient également vides. Kodjo prit une enveloppe fermée. Envoyée par un sénateur responsable du développement urbain et de l'environnement. Kodjo la reposa sur l'étagère et attrapait une enveloppe ouverte quand il entendit un bruit. Avant d'avoir pu se retourner, il sentit le choc contre sa nuque et s'effondra. Il avait perdu connaissance.

## 24

« Le nègre se réveille. » Une voix rauque, très est-allemande.

« On ne dit plus ça. » Une voix plus grave. Plus cultivée. Du haut allemand. « Aujourd'hui, il faut dire des Noirs africains.

— On s'en fiche. Ce nègre ne s'attendait pas à tomber sur nous.

— Non, de toute évidence, on lui a fait une belle surprise, à ce Noir africain.

— Qu'est-ce qu'il cherchait, d'après toi ?

— C'est sûrement un de ces types qui pensent qu'il y a toujours des trucs à récupérer dans des bureaux abandonnés.

— Mais il n'y a rien ici.

— Oui, mais lui, il l'ignorait. »

Après un court silence, l'homme qui venait de parler ajouta : « Je me demande bien pourquoi ils nous ont engagés.

— Qu'est-ce que tu veux dire ?

— Tous ces dossiers. Pourquoi ça intéresserait qui que ce soit ? Il y a peut-être quelque chose de plus précieux.

— Du fric ?

— Non. Pas de l'argent. Les riches ne laissent pas traîner leur argent.

— C'est vrai. »

Ils se turent de nouveau. Kodjo ne savait pas où il était. Il était étendu au sol. Sa tête lui faisait mal. Mais il n'était pas attaché. Il y avait de la lumière autour de lui. Il n'avait pas besoin d'ouvrir les yeux pour le savoir.

Il y avait eu cette lettre. Envoyée par qui ? Destinée à qui ? Puis il avait entendu un bruit. Puis plus rien, aucun souvenir. Peut-être se trouvait-il toujours dans la pièce où il avait ouvert l'armoire.

« Si ce n'est pas l'argent… » La voix plus grave sonnait soudain comme si l'homme qui parlait avait trébuché sur une idée. « Ah, il est réveillé !

— Qui ?

— Le Noir africain. »

*Bon*, se dit Kodjo. *Si ça simplifie la situation, donne-lui raison*. Il souleva légèrement ses paupières.

« Tu vois ? Il est réveillé. »

Le type qui avait l'air un peu plus intelligent que l'autre était grand et mince. Il portait un blouson et un pantalon bleu foncé. Crâne rasé, fine moustache, oreilles décollées, le côté droit de son visage avait dû être brûlé. La cicatrice était aussi large qu'une soucoupe.

Sur sa veste, le sigle « Sec Tech ». Le type regardait Kodjo de très haut et plissait les yeux. « Qu'il ait les couilles de monter ici ! »

L'autre type était plus large. Kodjo ne savait pas s'il était grand, car il s'était agenouillé à côté de lui. La même coupe de cheveux que le premier, des yeux immenses, quelques poils sous la bouche pour cacher le double menton. Dans un film, Kodjo aurait fait une blague sur l'apparence des deux hommes et aurait récolté une raclée en représailles.

Le gros prit son élan et lui donna une gifle.

Bon. Ce n'était définitivement pas comme dans un film.

Le gros lui assena une seconde gifle. Kodjo tenta de l'esquiver au dernier moment, mais le coup était parti trop vite. « Qu'est-ce qu'on va faire de lui ? demanda le gros en levant les yeux vers son collègue.

— Rien.

— Comment ça rien ?

— Beh oui, tu ne veux tout de même pas qu'on appelle les flics ?

— Bien sûr que non.

— Alors ? »

Le gros regarda Kodjo, puis de nouveau le maigre. Il haussa les épaules. « On pourrait… » Il haussa encore une fois les épaules.

« Quoi ?

— Juste une idée.

— On n'est pas dans la datcha. On ne peut enterrer personne ici. T'as qu'à lui en coller une autre. »

Le gros prit son élan. Kodjo se détourna. Le coup toucha l'arrière de sa tête. Le grand lui balança un coup de pied. Kodjo contracta tous ses muscles. D'abord il sentit la pointe d'une chaussure percuter ses fesses, puis son entrejambe. Ça faisait sacrément mal. Le gros lui administra un troisième coup. Cette fois, il ne put se protéger. Le plat de la main sur la joue. De plein fouet. Le gros se leva.

« Tire-toi, foutu nègre », fit le maigre. Il lui flanqua un dernier coup de pied tandis que Kodjo tentait tant bien que mal de se lever.

## 25

Kodjo arriva au café avec presque une heure de retard. Linde, derrière le comptoir, haussa les épaules quand il se faufila dans la cuisine sans un mot. Il trouva Leticia en train de caresser son gros ventre, le regard perplexe plongé dans sa vinaigrette.

Marie le suivit. S'arrêta dans l'encadrement de la porte. « Que s'est-il passé ? » Puis elle le regarda plus attentivement et ajouta : « Oh, merde. » Elle prit Kodjo dans ses bras et le serra contre elle. Il l'enlaça et se laissa aller. Après avoir pris plusieurs grandes inspirations, il fondit en larmes.

Peu après, Marie et Kodjo se retrouvèrent assis dans le canapé du bureau de Linde au premier étage. L'appartement de la patronne était aussi grand que le bar tout entier. Ils avaient vue sur l'arrière-cour et entendaient les bruits provenant du café. Ellen avait pris en charge le service de Marie. Et Linde allait aider Leticia en cuisine. Il y avait des chances que le service de midi se déroule sans encombre. Si ça ne suffisait pas, Marie devrait quand même descendre.

Marie saisit la main de Kodjo. « Tu savais qu'il y a beaucoup de racistes ici. Des imbéciles, tous, sans exception.

— Des connards. » Il eut un rictus et regarda Marie dans les yeux. « Mais ce n'est pas ça, le problème.

— Alors c'est quoi ?

— Je me suis senti impuissant. L'un d'eux a parlé de… Je crois qu'ils m'auraient tué sans hésiter si on avait été ailleurs. Ils étaient vraiment méchants.

— C'étaient des racistes. Bien sûr qu'ils étaient méchants.

— Oui, c'est vrai. Mais c'était encore différent. L'un était un vrai minable et une brute. Et l'autre était encore pire. Son regard ! Il aurait vraiment aimé me massacrer.

— Parce que tu es noir ?

— En tout cas, ça a beaucoup nourri son désir de meurtre.

— Tu crois vraiment… qu'il voulait t'achever ?

— Oui, j'en suis sûr.

— Soit, mais ces deux vigiles ne sont pas liés à toute ton histoire. Tu ne les reverras plus jamais.

— Mhm… »

Le téléphone de Marie émit un bruit de vagues. « Oui », dit-elle. Puis elle écouta : « J'arrive. » Elle remit l'appareil dans la poche de son pantalon. « On a besoin de moi en bas. Le coup de feu de midi. Quand ça se calmera, je viendrai te chercher et on ira se promener. D'accord ? Dans une heure, une heure et demie. »

Avant de sortir, elle se retourna encore une fois. « Au moins, maintenant, tu sais que cette entreprise de construction n'existe plus. On peut se consacrer à d'autres indices. La voiture… par exemple. »

Elle était presque sortie, quand elle se ravisa de nouveau. « Le message a déjà été partagé plus de cinq mille fois. Tu imagines ? »

Comme Kodjo ne réagissait pas, elle ajouta : « Facebook.

— Et ça donne quelque chose ?

— Rien jusqu'ici… Mais nous verrons bien. » Puis elle partit pour de bon.

*Chouette qu'elle ait dit « nous »*, pensa Kodjo alors que Marie venait de redescendre. Mais l'affaire avec la B B Bau n'était pas tout à fait terminée pour lui. Au fond, c'était très simple. Le meurtrier avait quelque chose à cacher. Et ces types là-bas, au dixième étage, avaient également eu peur qu'il ne découvre quelque chose. Il avait la sensation qu'il pourrait y avoir un lien. Juste une vague sensation.

Il referma doucement la porte de l'appartement et disparut sans se faire repérer par ses collègues.

## 26

En ressortant de la gare de Landsberger Allee, Kodjo regarda sa montre. Il était quatorze heures passées de quelques minutes, cela faisait à peine quatre heures qu'il avait quitté cet immeuble, tabassé et humilié. Il portait les mêmes vêtements que le matin, mais il espérait que le chapeau et l'écharpe achetés dans une friperie à proximité du café modifiaient suffisamment son apparence. Il s'arrêta sous les arcades d'un complexe hôtelier et observa le bâtiment. Quelques personnes allaient et venaient, le dixième étage semblait aussi vide et aveugle que ce matin – de l'extérieur. Maintenant il savait que ce n'était pas le cas. Il passa sa main sur la joue qui avait encaissé les gifles.

Il n'avait aucune idée de ce qu'il allait chercher dans cet immeuble. D'un côté, il estimait que ce serait judicieux d'exclure tout lien entre l'entreprise et le meurtrier. D'un autre côté, l'expérience qu'il venait de vivre ne pouvait pas s'oublier d'un claquement de doigts. Il avait été assommé, tabassé, humilié et même – assez ouvertement – menacé de mort, c'était trop.

Deux grands parkings flanquaient l'immeuble. L'un appartenait à l'hôtel sous les arcades. L'autre était invisible de l'endroit où il se trouvait. Le terrain à l'arrière était en friche et on devait y avoir une bonne vue des rails de la S-Bahn. On apercevait aussi très bien le vélodrome. Kodjo enfonça le chapeau noir sur son front et arrangea l'écharpe sur ses épaules. Puis il traversa le parking de l'hôtel pour se rendre derrière l'immeuble.

Il aperçut une porte ouverte, un peu en dessous du rez-de-chaussée. De là un chemin menait à l'autre parking à moitié occupé. Surtout par de petites citadines, mais aussi par quelques grosses BMW et une Mercedes gris métallisé. Kodjo regarda plus attentivement, mais il n'arrivait pas à trancher. Alors il sortit son téléphone et compara les modèles. Celle sur le parking était plus vieille. Il l'inspecta tout de même de plus près. Pas de raquette de tennis accrochée au rétroviseur. Pas d'autocollant à l'arrière non plus. Rien n'indiquait que ce véhicule appartenait au meurtrier.

Kodjo entendit des voix. Il se cacha derrière un vieux SUV. Juste à temps pour échapper à la vue des deux types de Sec Tech. Ils portaient des cartons et se dirigeaient vers une camionnette de livraison. Le grand et mince ouvrit le hayon à l'arrière et déposa son chargement dans le coffre presque plein. Puis il ouvrit la portière côté passager et s'assit dans la cabine. Le gros fit le tour du véhicule. Kodjo entendit la portière claquer et l'utilitaire démarra peu après. Les feux arrière étaient déjà allumés depuis quelques secondes lorsque le moteur s'éteignit à nouveau. Les deux hommes sortirent et se dirigèrent vers la porte arrière du bâtiment.

Kodjo se précipita vers la camionnette, côté passager. Il y avait une cartouche de Marlboro entamée entre les sièges, deux feuilles de papier froissées par terre, rien d'autre. Il réfléchit et se dirigea vers la porte. Ses tortionnaires allaient sans doute monter au dixième étage. Ça lui laissait un peu de temps. Il descendit les marches et se retrouva dans une espèce d'entresol. D'un côté, ça descendait vers la cave. De l'autre, ça montait. Il monta. Il vit le gardien assis à sa table en face de l'entrée principale. Il somnolait.

Kodjo se dirigea rapidement vers les ascenseurs. Deux d'entre eux stationnaient au rez-de-chaussée. Le troisième serait bientôt au dixième étage. Les deux hommes étaient sans doute montés chercher d'autres cartons. Les derniers que la camionnette pourrait contenir. C'était peut-être l'occasion d'essayer de découvrir ce qu'il se passait là-haut. Hormis ces deux types, il n'y avait plus personne. Et il restait un peu de temps avant la fermeture. Il disparaîtrait avec la foule des employés qui quitteraient les bureaux.

L'un des ascenseurs se mit à monter. Il s'arrêta au deuxième étage. Peu après, la porte s'ouvrit et deux jeunes femmes sortirent en discutant. « … jamais amener à terme… – C'est une vente à perte je te dis… – … des conséquences… – … alors là ! »

Kodjo fit mine de monter dans l'ascenseur, tandis que les deux femmes descendaient les marches menant au hall d'entrée. Lorsqu'elles disparurent de son champ de vision, il ressortit en espérant que le gardien n'avait pas remarqué son manège.

Merde. L'ascenseur redescendait du dixième étage. Il réfléchissait à ce qu'il devait faire quand l'appareil s'arrêta au septième étage. Apparemment quelqu'un l'avait appelé.

Kodjo respira. Puis l'ascenseur reprit sa descente. *Je vais prendre le risque. Les deux types ne sont pas dans cet ascenseur !* Lorsque celui-ci approcha du rez-de-chaussée, Kodjo s'écarta de quelques pas et se détourna. Un homme et une femme d'âge moyen en sortirent et se dirigèrent vers le hall sans un mot. Le gardien somnolait toujours.

Maintenant c'était l'ascenseur du milieu qui était en route pour les étages supérieurs. Sur le cadran lumineux, Kodjo le vit monter toujours plus haut puis s'arrêter au dixième étage. Pas de doute : ses deux agresseurs s'apprêtaient à redescendre. Que faire ? Se cacher dehors ? Dans ce cas, il ne pourrait plus passer par la porte de derrière. Les deux brutes la refermeraient.

Il repensa à la camionnette. Il se concentra sur ce qu'il avait vu dans le parking. Dans le véhicule. Les cigarettes. Les papiers froissés. Le gros avait-il pris les clefs ? Pourquoi n'y avait-il pas fait attention ? Quel idiot. Si seulement il avait mieux regardé. L'ascenseur était presque arrivé au cinquième étage. Kodjo n'avait plus beaucoup de temps. Il fallait agir vite. Mais il n'arrivait pas à se décider. L'ascenseur s'arrêta au quatrième étage.

*Réfléchis !* L'ascenseur repartit. *Allez, tente ta chance.* Ça valait le coup d'essayer. Descendre deux par deux les marches de l'escalier vers l'entresol. Ressortir par la porte de derrière. Courir jusqu'à la camionnette. Tirer la poignée de la portière côté conducteur – qui, en effet, s'ouvrit. La clef était sur le contact.

Kodjo la tourna. Le moteur démarra instantanément. Il enclencha la marche arrière et recula sans regarder, mais lentement. Puis il se dirigea vers la sortie du parking et descendit du trottoir. Deux voitures bloquaient son véhicule mais étaient sur le point de repartir. Sur sa gauche, la conductrice d'une petite citadine le laissa passer. Le feu allait virer à l'orange. Il enfonça la pédale de l'accélérateur et franchit la ligne blanche.

Il bifurqua dans la Landsberger Allee sans avoir regardé une seule fois dans les rétroviseurs.

## 27

Kodjo dut attendre de retrouver son calme pour pouvoir réfléchir et se faire une idée précise de l'endroit où il se trouvait. Il approchait de l'Alexanderplatz. Au milieu du trafic urbain de cette heure de pointe, il se rendit compte qu'il ne savait pas comment circuler à Berlin. Il vivait en Allemagne depuis presque dix ans, dont plusieurs années déjà dans la capitale, et il ne connaissait pas les itinéraires qui permettaient d'aller d'un point A à un point B dans cette ville. Il mit le clignotant et se rangea sur la voie de gauche. Il n'était pas à sa place ici. S'il y avait un endroit où aller avec cette camionnette, c'était Kreuzberg. Et pas ailleurs.

Prendre encore une voie plus à gauche et espérer qu'il y ait une possibilité de faire demi-tour. Il arriva au feu, c'était vert. Un panneau interdisait cette manœuvre, mais Kodjo freina quand même et tourna. Puis repartit en sens inverse.

Petit à petit, les battements de son cœur redescendirent à une cadence normale. C'est seulement à ce moment-là qu'il vit la voiture de police dans son rétroviseur latéral. Merde ! Il aurait dû s'assurer qu'il pouvait tenter ce coup-là sans prendre le risque d'attirer l'attention des forces de l'ordre. Tôt ou tard, il aurait trouvé le moyen de repartir dans l'autre sens sans enfreindre le code de la route. Il avait été beaucoup trop imprudent. Surtout compte tenu de sa situation ! Il regarda le compteur. Pile cinquante kilomètres-heure. *Tiens le volant des deux mains ! Conduis souplement !*

Les flics l'avaient-ils vu commettre cette infraction ? Il tenta d'apercevoir le conducteur dans son rétroviseur extérieur. Mais l'angle ne s'y prêtait pas. Il ne voyait que la manche d'un uniforme. Il ne pouvait même pas dire s'il y avait deux policiers dans le véhicule.

Kodjo leva le pied de l'accélérateur et décéléra à quarante kilomètres-heure. La voiture de police suivait sa camionnette. Kodjo passa à cinquante-cinq kilomètres-heure. Puis à soixante. Les flics étaient toujours là. La voie de gauche était vide, mais ils restaient derrière lui.

Bifurquer. Peut-être devrait-il bifurquer ? Tôt ou tard, de toute façon, il devrait tourner à droite s'il voulait passer la Spree. Il actionna le clignotant droit.

Le clignotant gauche de la voiture de police s'alluma. La voiture se déporta et le doubla rapidement. Kodjo respira, soulagé, et bifurqua malgré tout. Il se gara sur une place libre.

Qu'avait-il fait ? Dans quel pétrin s'était-il fourré ? Ils lui auraient passé les menottes et ne les auraient pas retirées de sitôt. Ils auraient même été capables de jeter les clefs. Kodjo aurait à peine eu le temps d'appeler un avocat qu'il se serait retrouvé dans un centre de rétention. Et ils l'auraient renvoyé au Soudan. Ou au Tchad. Bon… Kodjo ne put réprimer un rictus. Pour éviter d'en arriver là, il suffisait de ne pas leur dire où il était né.

Il se ressaisit. Il fallait avancer. Il se dirigea vers le pont de Schilling. Il roula particulièrement prudemment jusqu'à l'Hibiskus, situé à proximité de l'Oranienplatz. Kodjo chercha une place de parking. Il fallait qu'il se débarrasse de cette camionnette. Linde devait l'aider.

## 28

« Tu as fait *quoi* ? » Linde était assise derrière son bureau, un étage au-dessus de l'Hibiskus. Kodjo était de nouveau assis sur le canapé, comme quelques heures plus tôt.

« J'ai pris la camionnette.

— Tu l'as volée.

— Juridiquement c'est sans doute le terme adéquat.

— Tu es clandestin et tu voles des camionnettes ?

— C'est la première fois.

— Et s'ils t'avaient attrapé ?

— Tout s'est bien passé. » Il préféra ne pas lui parler de la voiture de police.

« Et pourquoi tu as fait ça ?

— Comme je te l'ai dit : une intuition.

— Ton intuition va finir par te valoir un siège confortable dans un avion pour Accra. Retour à la case départ.

— Pas besoin d'être cynique, Linde. Ce qui est fait est fait. Tu connais l'histoire. Tu sais que j'ai des raisons de m'intéresser à cette entreprise. » Désormais il était très calme. Il n'y avait plus de danger. Et il commença à anticiper la suite. Que faire de tous ces dossiers ? Il y en avait vraiment beaucoup.

« Et maintenant ?

— Il faut que tu caches la camionnette.

— Moi ? Où ça ?

— Dans ton garage, il y a de la place pour une camionnette. Il est immense. »

Comme Linde ne répondait pas, il ajouta : « Et toi ils ne t'enverront pas à Accra.

— Et ensuite ?

— Tu pourras la vendre… Ou bien récupérer des pièces… Qu'est-ce que j'en sais ? Ce n'est pas le problème du jour..

— La vendre ?

— Ton frère est concessionnaire automobile.

— Et tu vas me dire qu'ils ne l'enverront pas à Accra non plus.

— Allez, tu sais aussi bien que moi que les affaires de ton frère ne sont pas totalement clean. Peut-être qu'il sera content de gagner quelques billets en plus. »

Linde se tourna vers la fenêtre. « Et que vas-tu faire de ces dossiers ?

— Les lire.

— Tous ?

— Je n'en sais rien, Linde. Je vais en faire quelque chose. Je verrai si j'y trouve de quoi me sortir du pétrin.

— Et ensuite ?

— Je les jetterai. Je n'en sais rien…

— Donne-moi les clefs », dit-elle.

## 29

Kodjo se fit un café, déposa la cafetière sur la table de la cuisine et alla chercher le carton qu'il avait laissé dans le couloir. Il contenait des classeurs soigneusement rangés. Il en retira un dans lequel il n'y avait que quelques feuilles et le posa sur la table. Puis il versa du café dans une tasse et ajouta une goutte de lait frais, c'est comme ça qu'il l'aimait.

Linde avait rangé la camionnette dans son garage. Elle lui avait jeté quelques regards noirs pour lui faire comprendre qu'il lui forçait la main, mais ne lui avait plus rien dit. Ça lui allait. L'essentiel était de cacher le véhicule aux regards des curieux. Il avait pris un carton sans en vérifier le contenu et l'avait emporté à la maison.

*Pourquoi avoir pris ce carton ?*
*Une impulsion. Rien de plus.*
*Juste une impulsion ? Vraiment ?*

Ou bien était-ce une réaction à ce qui s'était passé le matin ? L'humiliation des coups administrés par ces deux racistes le dévorait encore. Et il n'y avait pas que les coups. Il n'aurait pu dire quelle humiliation était la pire. Les gifles. Le racisme. La menace de mort à peine masquée. Ou bien le fait d'avoir été entièrement à leur merci.

Il avait pris le carton parce que ça lui donnait l'occasion d'en apprendre plus sur B B Bau. Peut-être qu'il pourrait aussi nuire à ces salopards. C'était peu probable.

Peut-être trouverait-il des indices dans ces documents. Peu probable aussi.

La première pièce du dossier était une facture. Une expertise menée par une autre entreprise, pour un montant d'environ dix-huit mille euros. La deuxième était aussi une facture, encore une expertise, faite par la même entreprise, cette fois-ci pour un peu plus de vingt-trois mille euros. L'entreprise s'appelait HoBaBe et son siège se trouvait à Charlottenburg. Kodjo feuilleta le reste du dossier. Encore des factures, encore des expertises, HoBaBe, toujours.

Le classeur suivant, bien plus épais, contenait une facture pour des matériaux de construction désignés par un simple code et dont le montant approchait huit mille cinq cents euros. La facture était établie par HoBaBe. Kodjo trouva d'autres factures pour une somme totale avoisinant les trente mille euros. Toujours envoyées par HoBaBe.

Troisième classeur, même histoire. Mise à disposition de main-d'œuvre, factures au nom d'HoBaBe. Des sommes entre cinq mille et trente-cinq mille euros. La même chose pour les quatrième et cinquième classeurs remplis de factures adressées par HoBaBe. Il se versa un autre café.

Avait-il appris quoi que ce soit en rapport avec le meurtre sur Dunya L. ? Penses-tu !

Il se souvint des deux feuilles de papier chiffonnées qu'il avait ramassées dans la cabine de la camionnette. Il les sortit de la poche de son pantalon et les défroissa. Mis bout à bout, ils formaient une feuille A5. Il n'y avait que des initiales qui ne signifiaient rien à ses yeux. SS 100, TS 80… Il relut attentivement ces codes et jeta les bouts de papier dans la corbeille.

Quel était le nom de famille de Dunya ? La réponse ne se trouvait pas dans ces dossiers. Il prit une douche, mit des vêtements propres et se rendit à Charlottenburg.

## 30

Tandis qu'il traversait l'Ernst-Reuter-Platz en direction de la Leibnizstraße, Kodjo se fit la réflexion qu'il allait très rarement dans ce quartier depuis qu'il vivait à Berlin. Ça avait été le centre économique de la ville. De Berlin-Ouest. Des établissements universitaires, des administrations, des banques. Avant tout des banques. La plupart des gens qu'il fréquentait rouspétaient contre le nouveau Berlin, ses buzz, les prix qui s'emballaient, la nouvelle uniformité et l'ignorance des nouveaux riches. Mais ça n'avait sûrement pas été tellement mieux autrefois. Quel quartier barbant !

L'adresse sur la Leibnizstraße était cachée entre deux maisons. Un parking donnait sur la rue. Une clôture haute et une barrière. Une guérite avec un gardien qui avait posé nonchalamment sa casquette bleue de travers sur son oreille droite. À côté de la guérite en plexiglas, il y avait un panneau, protégé par une vitre. Kodjo était trop loin pour qu'il puisse lire les inscriptions.

Une voiture de sport italienne arriva. Le conducteur et le gardien communiquaient à travers les enceintes et un micro à la hauteur de la voiture. La barrière se leva. Kodjo suivit la voiture du regard. Derrière les maisons se trouvait un bâtiment monstrueux datant des années 1970 construit en terrasses.

Quatre étages, et sur le toit on devinait de la verdure. Le conducteur de la voiture de sport fut accueilli par une femme en jupe et chemisier. Impossible d'entrer dans ce bâtiment sans se faire repérer.

Quand il détacha son regard du bâtiment qui abritait les bureaux de la HoBaBe, Kodjo remarqua que le gardien le fixait. Il traversa la rue et avança rapidement. Il tourna au croisement le plus proche et s'arrêta. Des maisons à plusieurs étages, en forme de L, aucun bar ni aucune librairie en vue. Qui avait envie de vivre comme ça ? Un rêve d'autrefois, de va savoir qui. Sandra se sentirait bien ici. Sandra, avec son sens de l'ordre. Sandra, très pointilleuse sur ce qui se faisait et ce qui ne se faisait pas. Il s'était si souvent demandé comment il avait pu tomber amoureux d'elle. Et parfois, une réponse lui venait, toute simple : épouser Sandra lui avait permis de rester en Allemagne. Tous les problèmes formels étaient résolus avec une signature. Et avec une promesse.

Et ma foi... Elle était aussi – comment disaient les Allemands ? – un bon coup. Peut-être que ça avait joué un rôle. Très certainement même. Quand il se revoyait, tout amoureux comme il l'avait été, il se disait qu'il était jeune et idiot à l'époque. Mais pourquoi pensait-il soudain à Sandra ?

Kodjo se retourna pour regarder en direction de la Leibnizstraße. Il fallait qu'il rebrousse chemin. Il voulait lire ce qui était écrit sur le panneau, même si celui-ci se trouvait pile à côté de la guérite du gardien. Il pourrait peut-être apprendre un détail utile sur cette entreprise. Mais il ne fallait pas que ce type le voie.

En se faufilant le long du deuxième immeuble, Kodjo s'en voulait d'avoir laissé son chapeau et son écharpe à la maison. Alors qu'il s'était déjà fait remarquer quelques minutes plus tôt par l'homme à la casquette de travers, il n'avait même pas pu changer d'apparence.

Encore trois immeubles et il arriverait devant le panneau. Y avait-il des caméras de surveillance ? Le gardien pouvait-il le voir depuis son cube en plexiglas ? Peu importe. On était dans un pays libre. Il avait le droit de s'arrêter devant n'importe quelle entrée publique sans qu'on lui demande de dégager. À condition de ne pas être recherché par la police. Et de ne pas être un émigré clandestin.

Lorsqu'il arriva devant le panneau, il chercha furtivement des caméras. N'en vit aucune. Par ailleurs, la vitrine le masquait à la vue du gardien, ce qui était plutôt une bonne chose.

Sur le panneau, aucun nom d'entreprise ayant son siège dans l'immeuble. N'étaient placardés que des affiches et des flyers. Après les avoir passés en revue, et à sa grande déception, il constata qu'il ne s'agissait que d'annonces concernant des sports et autres loisirs. Un « tournoi de foot caritatif pour les réfugiés à Charlottenburg » occupait la place centrale du panneau. Sur de plus petites affiches, il était question de cours de squash, d'aviron et de tennis. Il était sur le point de s'en aller, quand il remarqua le logo d'un club de tennis. Il ne ressemblait pas tellement à la raquette accrochée dans la voiture du meurtrier, mais il s'agissait tout de même de tennis. Kodjo lut l'adresse et la tapa sur le moteur de recherche de son smartphone. C'était à l'extérieur de la ville.

« Hé ! entendit-il. Qu'est-ce que tu fais là ? » Le gardien tenait sa casquette dans sa main. Un crâne dégarni, mais à peine plus de trente ans. Des hanches larges. Il avança le menton.

Kodjo le regarda dans les yeux pendant quelques secondes, se retourna et s'éloigna lentement. Que pouvait faire ce type ? Il n'allait pas lui courir après. Appeler la police ? Mais il s'en allait déjà.

Kodjo hâta le pas.

# 31

Des villas et des terrains de sport. Kodjo n'aurait su dire s'il était encore dans Charlottenburg. Il était descendu au Palais des congrès et avait suivi le chemin que lui indiquait son téléphone jusqu'au club de tennis. La tour de la radio était dans son dos. En longeant les premières maisons, il avait pensé à son père. « Travailler dur, avait-il coutume de dire, travailler dur, c'est la clef du succès. » Après avoir prononcé ces paroles, il regardait toujours ses fils dans les yeux avant de montrer du doigt, soit sa villa luxueuse, soit une de ses voitures. Le message était clair. Il avait travaillé dur pour gagner la fortune dont ils profitaient au Ghana.

Un jour, le moment d'hériter arriverait. Et il n'aurait pas sa part.

Il n'avait encore jamais mis les pieds ici. Sur le parking, des véhicules de toutes tailles. Ce qu'ils avaient en commun, c'était leur fabrication toute récente. Aucune trace de rouille ni aucune égratignure nulle part, ni sur les Mercedes, ni sur les Polo. Il se sentait mal à l'aise au milieu de ces voitures. Comme s'il était en train de faire un repérage avant un vol. Personne ne se promenait ici. Celui ou celle qui entrait sur ce parking, récupérait sa voiture et s'en allait directement.

Une femme passa avec son sac de tennis. Il la suivit entre deux terrains de foot. Elle était petite et nerveuse. De dos, il n'arrivait pas à estimer son âge. Sa jupe était assez courte et, à chaque pas, les muscles de ses jambes roulaient sous sa peau. Elle disparut dans un bâtiment de plain-pied.

Devant lui se déployaient une douzaine de courts de tennis. Les uns côte à côte, les autres en quinconce. Ils étaient presque tous occupés. À l'évidence, il y avait encore un certain nombre de gens qui pratiquaient ce sport. Brièvement, il observa un vieil homme qui, une main posée contre le dos d'une fille, guidait sa raquette de l'autre. Il y prenait manifestement un certain plaisir.

Lentement, Kodjo longea le chemin qui bordait les courts et sur lesquels des employés, après une journée de travail harassante, cherchaient à offrir à leurs corps un épuisement d'une autre nature. La plupart avaient moins de cinquante ans.

La femme qu'il avait suivie entra sur l'un des courts. Elle était à peu près du même âge que Jeanette et salua une autre femme du même âge, loin d'être aussi en forme à en juger par sa silhouette. Elles se firent la bise.

Kodjo rebroussa chemin et retourna vers le bâtiment. Il se sentait perdu. Ce qu'il faisait n'avait aucun sens. Il n'était pas détective. Il n'avait aucun plan, il n'avait pas la moindre idée de la manière dont il pouvait s'acquitter d'une tâche qui n'était pas la sienne. Tout seul, il n'arriverait à rien.

Son téléphone sonna. Jeanette. Comme si le simple fait d'avoir pensé à elle l'avait poussée à l'appeler.

« Ma belle ! lui dit-il en guise de salutation.

— Où es-tu ? demanda-t-elle.

— Je me promène. J'ai besoin d'air frais.

— Tu viens me voir ce soir ?

— Demain. » Avec la tronche qu'il avait… Le visage tout gonflé. Il ne voulait pas lui expliquer. « Je préférerais demain.

— Bon d'accord. » De toute évidence, elle cogitait. « Je ne t'ai pas vu très souvent ces derniers temps, dit-elle au bout de quelques secondes de silence. Il se passe quelque chose ?

— Non, ne t'inquiète pas. »

Kodjo se remémora rapidement tous ces moments des dernières semaines où il s'était dit qu'il n'avait pas envie de voir Jeanette. Au final, il l'avait retrouvée chaque fois. Les concessions qu'on fait dans une relation. Ce n'était pas le moment d'en parler. « Il n'y a rien. Je passe te voir demain, d'accord ?

— Je fais à manger ?

— Oui. Volontiers. Ce serait super. »

Il avait de nouveau atteint le parking. Une Mercedes gris métallisé était sur le point d'y entrer, mais il ne pouvait pas voir la tête du conducteur.

« Ou bien tu préfères aller au restaurant ?

— Non. J'aime bien ta cuisine. Tu le sais. »

La voiture quitta son champ de vision, il hâta le pas.

« Que veux-tu que je te prépare… »

Jeanette n'avait pas envie de raccrocher. Elle était capable de faire durer une conversation téléphonique pendant des heures, même si tout avait été dit. La Mercedes s'arrêta à l'autre bout du parking. Il devait courir.

« Choisis, fit-il en observant le conducteur descendre de son véhicule et se diriger vers le coffre. Tu sais ce que j'aime.

— Oui, je sais ce que tu aimes, pas vrai ?

— À demain alors ? » lança-t-il. Le conducteur jeta un sac de sport sur son épaule et verrouilla électroniquement sa voiture.

« D'accord », répondit Jeanette en reniflant. Pleurait-elle ? « À demain. »

Jeanette venait tout juste de raccrocher quand Kodjo arriva à la hauteur de la voiture. C'était le même modèle que celle du tueur, mais sans l'autocollant sur le coffre. Il regarda l'homme disparaître sur le chemin menant aux courts de tennis. Trop tard. Sa démarche lui fit un peu penser à celle de Saïf. Ç'aurait été un sacré hasard.

Frustré, il quitta le site. Il avait perdu son temps.

# 32

À la station de Neukölln, Kodjo voulut passer de la S-Bahn au métro. En descendant dans les couloirs, il vit trois personnes avec des papiers à la main, entourant un Noir. Un problème de ticket. Le type encerclé avait le regard complètement vide. Kodjo connaissait ça. Deux des trois contrôleurs ressemblaient à des Allemands, le troisième était turc ou quelque chose du genre. Il était le plus grand du trio et interrogeait le fraudeur. L'Africain parlait uniquement quand on lui posait une question.

Le mieux c'était de rester de marbre pour ne pas s'attirer plus d'ennuis quand on en avait déjà. Répondre de façon simple, brève et surtout compréhensible. Ne jamais donner à qui que ce soit l'occasion de comprendre quoi que ce soit de travers. Kodjo se posta derrière une affiche publicitaire et observa les quatre hommes. S'il avait été en règle, il se serait placé pile à côté d'eux. Après tout il avait un ticket. Il aurait parlé à l'Africain. Lui aurait demandé si on le traitait correctement. S'il avait besoin de quelque chose. Il lui aurait montré qu'il n'était pas seul dans cette galère. Quoi qu'il en soit, l'Africain ne pouvait pas être dans l'illégalité. Les sans-papiers ne fraudaient jamais.

Et d'ailleurs… Quelle idée idiote avaient eue ces Allemands d'appeler ça « voyager au noir » !

L'un des types se posta juste derrière l'Africain. Apparemment, ils avaient pris une décision. Kodjo observa plus attentivement son frère africain. À peine plus de vingt ans, des cheveux drus, des lunettes de soleil avec de grands verres. Rasé. Chemise à carreaux et jean neuf. Des sneakers rouges affreux avec des chaînettes en or. Les doigts de ses mains nonchalamment entrecroisés devant son buste. De là où il était, Kodjo n'arrivait pas à voir exactement ce que faisait le Turc. Mais, à l'instant, celui-ci était en train de glisser quelque chose dans sa poche. Peut-être la pièce d'identité de l'Africain. Son frère noir ne cillait toujours pas. De toute évidence, il connaissait la procédure. Ou alors il était particulièrement cool. Il savait que tous ses gestes ou presque pouvaient être mal compris. Les mouvements brusques étant les pires. Ils vous immobilisaient immédiatement. Quand on les fixait ou qu'ils en avaient l'impression, ils interprétaient cela comme de l'hostilité.

Le Turc le noyait de paroles. Le Noir hochait la tête. Compris. Ils l'emmenèrent. Le Turc devant, derrière lui le frère, les deux Allemands un peu en retrait à sa gauche et à sa droite. Au cas où il essaierait de s'enfuir sans ses papiers. *Bonne chance, mon ami.*

Quand il arriva sur le quai du métro, Kodjo évita un groupe de jeunes qui avaient l'air fraîchement arrivés à Berlin. La plupart d'entre eux avaient probablement tout juste vingt ans. Et il y en avait toujours un qui se retournait de temps en temps pour surveiller les alentours. Beaucoup des usagers tentaient de se faufiler pour ne pas se retrouver trop près de ces jeunes. Et Kodjo, sans le vouloir du tout, fut soudain poussé vers eux et monta dans le métro à leur suite. S'il ne se trompait pas, ils parlaient farsi. Une des langues de Saïf. Il en connaissait beaucoup.

Il serait descendu en même temps qu'eux à Rathaus Neukölln, s'il n'avait pas remarqué, juste à temps, les uniformes bleus de l'autre côté de la vitre. La police. Les jeunes se retrouvèrent sur le quai et Kodjo eut l'impression de voir les uniformes se raidir. Des jeunes étrangers, cela voulait dire qu'ils allaient avoir du travail.

Kodjo resta dans le métro. Il descendrait à Hermannplatz. Il se félicitait d'avoir été vigilant et, en même temps, il se reprochait de ne pas l'avoir été suffisamment. Il aurait dû voir les policiers plus tôt. Une fois à quai, les flics s'en seraient pris à lui en premier – parce qu'il était noir. Il ne devait jamais l'oublier.

La station Hermannplatz était plus éloignée de son appartement que Rathaus Neukölln. Mais avec ses quais larges, ses nombreuses sorties et la foule qui empruntait cette correspondance, elle était beaucoup plus difficile à contrôler. Les attroupements changeaient constamment de forme. Comme un immense banc de poissons dont la dynamique interne se dérobe à la compréhension de l'observateur. Il devrait prendre l'habitude de monter et de descendre à cette station. C'était plus sûr pour un clandestin. Quoique… On n'était jamais vraiment à l'abri d'un contrôle policier. Même à Hermannplatz.

## 33

Comme il montait l'escalier vers l'Hermannplatz, son téléphone sonna. Kodjo regarda l'écran. « Marie, lança-t-il. Qu'y a-t-il ?

— Anna fait la cuisine. Tu viens manger chez nous ? »

Vingt minutes plus tard, il était assis à leur table et fixait l'écran de l'ordinateur. « Plus de douze mille fois ?

— Anna vient d'effacer la publication. » Marie se pencha par-dessus son épaule.

« Pourquoi ?

— Elle ne peut pas répondre à tout le monde. Les gens posent des tonnes de questions. Heureusement que son compte n'est pas à son vrai nom. »

Anna entra avec une casserole de pâtes fumantes. « Ils ont même formé un groupe qui veut chercher ce type à Moabit. Un groupe de femmes.

— Et si c'était la seule fois qu'il était allé à Moabit ? » Kodjo pensa à son escapade à Charlottenburg.

« Qu'est-ce que je suis censée faire ? » Anna déposa la casserole. « Maintenant ça appartient à tout le monde.

— On n'a plus aucun contrôle, ajouta Marie. Un journal local a même repris l'info, mais sans le dessin.

— Et la police ? » Kodjo poussa l'ordinateur. « Elle fait quoi ?

— La police ? » Anna tapota son front avec son doigt. « Même quand une femme porte plainte pour viol, elle ne fait rien. »

Kodjo se retourna vers Marie, qui haussa les épaules. « Allez, mangeons.

— Et qu'est-ce qu'on fait maintenant ? demanda-t-elle lorsqu'ils furent assis à table.

— Quel est notre but ? rétorqua Anna.

— Eh bien, fit Kodjo, notre but, c'est que les flics arrêtent ce type et l'envoient devant un juge. Et qu'ils cessent de me chercher moi.

— Et qu'est-ce qu'on peut faire pour ça ? demanda Anna.

— Il nous faut identifier cet homme, répondit Marie.

— Exactement. Ce serait donc pas mal d'avoir un semblant de plan. Ça ne nous avance à rien de courir dans tout Berlin comme je l'ai fait aujourd'hui, reconnut Kodjo.

— Qu'est-ce qu'on fait alors ? insista Anna.

— On va commencer par rassembler tout ce qu'on sait, proposa Marie.

— Travail de détective. » Anna eut un rictus. « Comme dans les films.

— Ce n'est pas un film, fit Kodjo. C'est une idée stupide de faire enquêter un émigré clandestin noir en Allemagne. Mais cette liste… on va la faire. Sur papier ou bien à l'ordinateur ?

— On est en 2017. » Marie lui adressa un sourire. « Qui utilise encore du papier aujourd'hui ? » Elle se leva et quitta la cuisine.

Peu après, elle revint à table avec son ordinateur portable. « Donc, qu'est-ce qu'on a ? demanda-t-elle.

— Le meurtrier joue au tennis », lança Anna.

Marie se mit à écrire.

« Attends, non, ce n'est pas tout à fait exact. » Kodjo but une gorgée de la bouteille de bière posée devant lui. « Essayons d'être aussi précis que possible. En vérité, il conduisait juste une voiture avec une raquette de tennis miniature accrochée au rétroviseur. Commençons par le type lui-même. Que savons-nous de lui ?

— Ce que tu as vu, dit Marie.

— Exactement. Il est aussi grand que moi.

— Un mètre quatre-vingts ? » Marie commença à noter.

« Un mètre quatre-vingt-un. Laisse-moi écrire. » Kodjo changea de place. « Il est peut-être même un peu plus grand que moi. Quand nous nous sommes croisés, il s'est tourné de côté. Disons qu'il mesure entre un mètre quatre-vingt-trois et un mètre quatre-vingt-cinq. Il a les cheveux courts, il va chez le coiffeur, mais ce n'est qu'une variable. Les cheveux poussent. Son nez a une petite bosse et il porte un brillant sur l'aile droite. Il a des favoris et une barbe de trois jours, mais tout ça peut changer, comme les cheveux.

— Quel âge a-t-il ? demanda Anna.

— Je ne sais pas. Je crois qu'il est un peu plus âgé que moi.

— Les vêtements ? interrogea Marie.

— Chemise et jean, mais ça ne nous aide pas beaucoup.

— Quel genre de vêtements ? Des vêtements chers ? demanda Anna.

— Quand je l'ai vu, il portait des vêtements de luxe. Il est du genre à avoir des costards dans son armoire. Mais ça ne nous aide pas non plus.

— Autre chose ? relança Anna.

— La voiture, fit Kodjo. J'ai vérifié. Elle fait partie de la gamme CL. Chère, très chère, même. Une somme à six chiffres. Un simple salarié ne peut pas acheter ce genre de véhicule.

— Et comment on gagne autant d'argent ? » demanda Anna.

Dehors, une voiture klaxonna. Deux oiseaux gazouillaient sur le balcon. Dans l'appartement voisin, un homme criait. Le silence s'installa autour de la table.

« La mafia russe ? suggéra Marie.

— Mais non, fit Anna. L'industrie du bâtiment. Ça suffit largement. Il y a l'autocollant. Et les bureaux à Friedrichshain. Ça fait pas mal d'argent.

— Le bâtiment et la mafia, ça va de pair, insista Marie. On apprend ça en cours d'histoire.

— On n'a pas de meilleur indice que B B Bau. »

Kodjo se frotta la joue.

Il sentait encore la douleur. Il ne s'était écoulé que douze heures depuis son tabassage. Il ouvrit Firefox et chercha de nouvelles infos sur l'affaire. « Un communiqué d'hier. "Toujours aucune trace du suspect dans l'affaire du meurtre de la prostituée Dunya L. L'identité de l'homme de peau noire ayant été aperçu dans la nuit du meurtre à proximité du lieu du crime n'est toujours pas connue." Ils ne parlent toujours pas d'un autre suspect éventuel. Et on ne peut pas être certains qu'il existe un lien entre B B Bau et notre homme.

— Mais que savons-nous de façon certaine, alors ? demanda Anna.

— Qu'il… Comment dire… Qu'il a payé pour une prestation sexuelle, répondit Marie.

— Oui, en supposant que ç'ait été la première fois qu'il ait fait ça, signala Anna.

— Quoi ? rétorqua Kodjo. Payer une prostituée ou la tuer ?

— Merde. » Anna se leva et alluma le plafonnier. La nuit était tombée pendant qu'ils discutaient. Dans l'appartement voisin, une femme s'était mise à hurler. « On n'a pas encore envisagé ce cas de figure.

— Quel cas de figure ? demanda Marie.
— Peut-être que ce n'était pas la première fois qu'il tuait.
— Possible, fit Kodjo. Mais qu'est-ce qu'on peut faire ? Essayons simplement de rassembler tout ce que nous savons de lui à coup sûr. Donc... Il loue les services de prostituées. Quoi d'autre ?
— La Mercedes, répondit Anna.
— Ce n'est pas grand-chose, jugea Marie.
— La seule chose que nous connaissons en détail, c'est son visage. Grâce au dessin, rappela Anna.
— Mais que pouvons-nous en faire ? » interrogea Kodjo.
Plus aucune voiture ne klaxonnait dehors. Les oiseaux ne gazouillaient plus. Dans l'appartement voisin, on n'entendait plus un bruit.

## 34

Le jour n'était pas encore levé lorsque Kodjo se réveilla en sursaut. En vérité, il ne dormait déjà plus depuis un moment. Il était juste étendu là, dans le lit, tentant de repousser la fin précoce du sommeil. Puis il avait pensé à tous ces plans qu'il avait échafaudés avec Anna et Marie. Les petites affiches avec le dessin. Les accrocher à Moabit, à Friedrichshain et à Charlottenburg. Et attendre. Si le portrait ressemblait vraiment au meurtrier, quelque chose allait se passer. N'importe quoi.

Puis, tout à coup, ça l'avait frappé. Pourquoi n'y avait-il pas pensé plus tôt ? S'il avait vu le meurtrier, cela signifiait que le meurtrier l'avait vu lui, Kodjo. Allait-il se servir de cette information ?

Probablement pas, le meurtrier n'avait rien à craindre. La police ne le cherchait pas. Il pouvait aller et venir peinard et suivre tranquillement la traque d'un innocent à la télé. Il n'avait pas besoin d'imprimer et de coller des affiches. Pas besoin de parcourir la ville et de pénétrer dans des locaux d'entreprise abandonnés depuis longtemps.

En outre, aucun Allemand ne serait capable de reconnaître un Africain qu'il n'avait vu qu'une fois, furtivement, et dans la pénombre.

Il roula hors de son lit et récupéra son téléphone. La batterie était vide. Il le brancha à une prise et écouta sa messagerie. Il entendit la voix de Jeanette : « Je me languis de toi. Je sais que toi, tu ne te languis pas… de moi. » Puis plus rien.

Il prit une douche et but un café. Il avait quelques heures devant lui avant de reprendre son service à l'Hibiskus. Suffisamment de temps pour aller courir à la salle. Calé sur le tapis, il commença doucement. Mais son corps refusait de fonctionner comme il le souhaitait. La fatigue. L'épuisement. Le stress. Peu importe.

De retour à la maison, il ouvrit le carton de B B Bau. Au moment où il se penchait sur un nouveau dossier, son téléphone sonna.

Marie était tout excitée : « En ligne et dans les journaux. Il faut que tu regardes ça !

— Quoi ?

— Regarde. On se retrouve à l'Hibiskus. »

Elle raccrocha.

Les journaux en ligne n'affichaient plus l'affaire en première page. Il fallut quelques minutes à Kodjo pour trouver ce à quoi Marie avait fait allusion. Un portrait-robot officiel. De lui.

Il le fixa un certain temps avant de se ressaisir. Il manqua de rire en regardant de nouveau la caricature qui était censée le représenter. Le nez faisait un kilomètre de large, le front était compact, la mâchoire tellement proéminente qu'on aurait dit qu'elle vous sautait dessus et les lèvres venaient tout droit d'un dessin de *Tintin au Congo*.

Il sortit de chez lui et se dirigea vers le kiosque à journaux le plus proche. Il ne craignait pas qu'on le reconnaisse. Quand il ouvrit le journal et contempla le visage qui était censé être le sien, l'absurdité de ce portrait-robot lui apparut clairement. Il signifiait : dénoncez tous les hommes noirs que vous croiserez à Berlin.

## 35

« Et alors ? » demanda Marie en l'attirant dans un coin de l'Hibiskus. Il n'y avait presque aucun client, Ellen prenait une commande à l'autre bout de la salle. « Tu en penses quoi ? fit-elle d'une voix blanche.

— Cette femme ne m'a pas bien vu. Je ne sais pas qui imagine pouvoir tirer quelque chose d'utile de ce gribouillis.

— C'est peut-être la seule façon que la police a trouvée pour dire aux gens : "Nous ne restons pas les bras croisés. Nous mettons tous les moyens en œuvre pour résoudre cette affaire."

— C'est ça. Un pseudo-témoin leur désigne un suspect africain et ils laissent tomber toutes les autres pistes. La minutie allemande, je ne voyais pas ça comme ça.

— Peut-être qu'ils n'ont aucun indice sur le meurtrier ? Alors ils ne savent pas qui ils cherchent…

— Maintenant, tu défends les flics ! » Kodjo se détourna. « N'importe quoi. » Marie avait parlé plus fort qu'elle ne l'avait voulu et elle jeta un regard autour d'elle ; heureusement, personne ne l'avait entendue. « Que peuvent-ils faire s'ils ne savent pas à quoi ressemble l'assassin ? Ou bien tu crois qu'ils cherchent un Noir parce qu'ils n'ont pas de meilleure piste ? lui demanda-t-elle en le prenant par les épaules.

— Je ne suis pas tout à fait sûr du contraire.

— Viens. » Marie inspecta de nouveau la salle. À part deux clients assis à une table, elle était vide. Elle poussa Kodjo vers le couloir. « On a un plan qu'on a mis au point tous ensemble hier.

— Mmm... »

Marie le serra dans ses bras. Kodjo se laissa faire. Ne bougea pas.

« Hé », fit Marie en lui caressant le dos. Comme il ne bougeait toujours pas, elle desserra son étreinte. Alors Kodjo l'étreignit à son tour. D'abord prudemment, puis en se laissant aller contre elle. Finalement il posa la tête sur son épaule et fit lentement glisser sa main le long de son dos.

Au bout d'un moment, Marie s'écarta de lui. « On a un arrangement. D'accord ? » Elle lui donna un baiser sur la joue. Le regarda dans les yeux. Puis un deuxième baiser sur l'autre joue.

« D'accord ? » insista-t-elle. Kodjo hocha la tête.

Marie sourit, l'embrassa brièvement sur la bouche et retourna dans le café.

Kodjo resta encore quelques minutes dans le couloir. Interdit. Son cœur battait très fort et, pour la première fois depuis longtemps, ce n'était pas en pensant à ce qui risquait de lui arriver si la police l'arrêtait. Il aurait aimé avoir le courage de lui rendre son baiser. Il avait observé Marie s'approcher... Et puis rien. Il avait simplement accepté qu'elle l'embrasse.

*Reste là.*

*Arrête le temps.*

*Maintenant, c'est maintenant. Il n'y a que ce moment.*

Il avança les lèvres comme pour un baiser. Imagina les lèvres de Marie sur les siennes. Chercha à retrouver la chaleur de son étreinte. Ferma les yeux.

Puis il retourna dans la cuisine. Leticia était en train de se frotter le ventre. Elle s'interrompit quand elle le vit entrer dans la pièce.

« Qu'est-ce qu'il y a ? demanda-t-elle en voyant son expression.

— Rien du tout, fit Kodjo. Pardon. J'étais dans mes pensées. Qu'est-ce qu'on fait aujourd'hui ? »

Elle lui tendit le menu. Kodjo le regarda sans le lire. Ses yeux glissaient sur la feuille, il avait la tête ailleurs. Il mit la radio et enfila ses vêtements de travail.

« Il me faut les ingrédients pour les salades. Et tu cuiras du riz. Les gens vont commander des currys. Le curry végétarien a super bien marché la semaine dernière. »

Tout en préparant le riz, Kodjo écoutait les propos de la journaliste qui parlait à la radio. Sept hommes noirs avaient été arrêtés la nuit précédente. Il y avait eu de nombreux appels pour dénoncer d'éventuels suspects, mais rien de concluant selon la police. Les sept hommes avaient été rapidement libérés.

Il entendit la belle voix de Marie.

« Deux salades halloumi. Les clients sont pressés… »

## 36

Plus tard, alors qu'il était chez lui et qu'il tentait de s'endormir, Kodjo repensa à Marie. Durant tout son service dans la cuisine sa voix l'avait bercé. Pendant qu'il pelait les oignons, lavait la salade et découpait les parts de lasagnes. Et, à plusieurs reprises, il avait eu l'impression qu'elle parlait un peu plus fort que d'habitude. Juste pour lui. Juste pour qu'il puisse l'entendre.

Il pensa aussi à son baiser. Les lèvres de Marie qui s'étaient appuyées sur les siennes un bref instant. Comme elle avait glissé sa lèvre inférieure doucement, mais résolument, entre les siennes. Ce simple souvenir le faisait frissonner.

Il revoyait le léger balancement de son corps. Elle ne mesurait que quelques centimètres de moins que lui, presque un mètre quatre-vingts. Mais il lui avait tout même fallu dépasser cette courte distance. C'était elle qui avait pris l'initiative de l'embrasser. Elle avait posé ses mains sur ses épaules et avait hissé sa bouche vers la sienne dans un doux élan. Le baiser n'avait duré qu'un instant. En même temps, il avait duré une éternité.

Quand le téléphone sonna, il sursauta. Il s'était endormi et tapota les poches de son pantalon qui traînait à terre. Il savait pertinemment qui l'appelait à cette heure-ci. Il trouva le téléphone, appuya sur la touche verte et fit doucement : « Allô. »

Pas de réponse.

« Allô, répéta-t-il.

— Tu m'as oubliée. » Jeanette parlait doucement elle aussi. D'un ton égal.

« Non. Je ne t'ai pas oubliée. Je me suis endormi.

— Si tu t'es endormi, c'est que tu ne pensais pas à moi. »

La voix de Jeanette sonnait triste. Vraiment triste, sans aucune trace d'amertume. Kodjo ne l'avait jamais entendue parler ainsi.

« Je suis désolé. Vraiment.

— Vraiment ?

— Oui. »

Comme Jeanette ne répondait pas, il répéta. « Je suis vraiment désolé. » C'est à ce moment-là seulement qu'il comprit que Jeanette avait mis fin à la conversation.

Après avoir passé quelques minutes à la fenêtre, incapable de former une pensée claire, il entendit de nouveau le téléphone sonner. Kodjo regarda l'écran et vit le nom de Marie.

« Oui ?

— Kodjo, on a imprimé le visage. Cent affiches. Tu nous accompagnes ? On veut aller les coller. »

# 37

« Comment on fait pour la voiture ? » Anna bifurqua de la Landsberger Allee dans la Storkower Straße.

« Qu'est-ce que tu veux dire ? » Marie retira quelques affiches du rouleau.

« Eh bien… après tout, ce qu'on fait n'est pas légal.

— C'est la tienne ? » Kodjo se glissa péniblement entre les deux sièges avant. La vieille Polo était vraiment petite.

« Oui, répondit Anna.

— Tu préfères qu'on la gare le plus loin possible de l'endroit où on colle les affiches ? » reprit Kodjo.

Anna passa devant le bâtiment où se trouvaient les bureaux vides de B B Bau. Elle tourna à droite dans la rue adjacente et arrêta la voiture. « Exactement », confirma-t-elle. Zone industrielle. Pièces automobiles. Nourriture pour animaux.

Ils descendirent de la Polo et se dirigèrent vers la Storkower Straße. Il y avait encore pas mal de voitures dans ce désert de béton, mais pratiquement personne à pied.

« Moins on se presse, mieux c'est. Évitez de courir et de vous retourner. C'est clair ? Qui dit que ce que nous faisons est vraiment illégal, moi je n'en suis pas si sûre. »

Ni Kodjo ni Anna ne réagirent, alors elle ajouta : « Si on reste cool, on ressemblera à des gens qui font de la pub pour une soirée. Tous les murs de la ville sont couverts de ce genre d'affiches. En plus, Kodjo et moi sommes noirs. Si des passants nous voient, ils feront sûrement le lien avec la musique. Et notre motif… c'est un visage. Allez, on y va. » Les affiches sous le bras, elle se mit résolument en marche. Anna la suivit avec le seau de colle. Kodjo tenait la brosse.

Ils collèrent une demi-douzaine d'affiches sur le mur qui longeait le terrain en face des bureaux. Kodjo recula de quelques pas et les regarda. Il fixa le visage de l'homme qu'il avait croisé cette nuit-là. En dessous, il y avait marqué en grosses lettres MEURTRIER.

Ils traversèrent la rue et se rendirent sur le parking des bureaux. « Là. » Kodjo montra le mur de l'immeuble devant lequel se trouvaient encore trois voitures. Ils collèrent quatre autres affiches.

Pendant qu'ils retournaient vers la voiture, Anna lança : « Donne-m'en encore une. »

Elle posa le recto où était imprimé le visage contre le bitume et enduisit le verso de colle. Ensuite, elle se dirigea vers l'immeuble et la colla soigneusement sur la porte d'entrée.

« C'est vrai, ce n'est pas si difficile », affirma-t-elle aux deux autres en les rejoignant.

Ils roulèrent jusqu'à Charlottenburg. Dans la Leibnizstraße leur plan se révéla plus difficile à mettre en pratique. Ils s'arrêtèrent en bord de trottoir et observèrent de loin la guérite du gardien.

« En face de lui, c'est impossible, dit Kodjo.

— Alors prenons ce côté-ci, rétorqua Marie. Sur les façades des immeubles.

— Vous êtes sûrs que le type ne peut pas nous voir ? demanda Anna.

— Je ne crois pas. Il suffit qu'on se mette dans le bon angle.

— Des caméras ? s'enquit Marie.

— Je n'en ai pas eu l'impression. »

Ils collèrent cinq affiches. Puis ils remontèrent en voiture et roulèrent jusqu'au carrefour suivant. Ils descendirent de la Polo et revinrent sur leurs pas.

Kodjo gardait un œil sur l'intérieur de la guérite en plexiglas tandis qu'Anna et Marie s'affairaient dans son dos. Le type en uniforme lisait un livre et ne lui prêtait aucune attention.

Quand ils eurent repris la route, Marie se tourna vers Kodjo. « On va continuer sans toi. On va à Moabit. D'accord ?

— Évidemment, fit Anna sans détourner les yeux de la rue. C'est beaucoup trop dangereux.

— On te ramène à la maison. OK ?

— Je peux aussi prendre un taxi.

— Pas question », répondit Anna.

Elle le ramena Weichselstraße. Avant que Kodjo descende de la Polo, elle sortit un bout de papier de la poche de son pantalon et le lui tendit. « Voilà… Ce sont les adresses du registre du commerce. Tout ce que j'ai pu trouver sur B B Bau et HoBaBe. »

## 38

Le lendemain midi, Kodjo retrouva Issa sur le pont d'Oberbaum. « Tu peux me dire pourquoi tu as besoin de mon aide ? » Issa se pencha par-dessus la rambarde et cracha. Le crachat fut emporté par le vent, il recommença. Cette fois-ci le crachat atterrit dans la Spree. Issa se tourna et fit un signe de tête à Kodjo. Issa portait un costume noir ajusté, une chemise bleu clair et une cravate bleu sombre. Il avait l'air très cool.

« Avec toi je me sentirais peut-être plus à l'aise. Pourquoi tu t'es mis sur ton trente-et-un ?

— J'ai fait faire des photos d'identité. Avec une série supplémentaire pour la famille. Ils aiment bien me voir en costume. Quand tu es en Europe, il faut que tu en jettes.

— C'était une erreur, je ne vois pas comment tu pourrais m'aider… » Kodjo tourna les talons et commença à marcher vers le nord, en direction de Friedrichshain.

« Ne fais pas ta mauvaise tête. J'ai simplement du mal à croire qu'on va trouver quoi que ce soit. » Issa posa une main sur l'épaule de Kodjo. « D'accord, tu as récupéré ce flyer dans le hall de l'immeuble. Mais quel serait le lien avec l'affaire ?

— Je l'ai ramassé à l'endroit même où je l'ai croisé.

— Il y était peut-être depuis le début de la soirée. »

Kodjo s'immobilisa. Du pont qui surplombait les rails, ils pouvaient voir la friche RAW. « Il faut bien que je fasse quelque chose. Tu l'as dit toi-même. J'ai une responsabilité.

— Bon, allez, j'arrête de t'embêter avec ça. » Issa se remit en marche. « Allez, viens. »

Il ne se passait pas grand-chose alentour. Les clubs et les bars étaient fermés. Ça sentait la pisse et l'herbe. Dans le passage donnant sur le Cassiopeia, on était en train de charger des équipements techniques dans des camionnettes. Deux des food-trucks étaient ouverts. Devant l'un d'eux, deux clients attendaient leurs burgers. Quelques touristes inspectaient les recoins. Leurs regards incrédules étaient éloquents : ils ne reviendraient pas le soir.

« C'est bien ce que je disais. » Issa essuya quelques grains de sable sur une marche et s'assit. « Tu es venu quand la dernière fois ?

— Ça fait longtemps. Je ne sais plus. » Kodjo s'assit à côté de lui.

« Le marché du mariage.

— Ce n'est pas mon truc.

— Parce que tu as abandonné ?

— Parce que même les flics ont fini par piger pourquoi il y a tant de Noirs qui squattent ici.

— Tu veux dire qu'ils ne viennent pas pour la drogue ?

— Je veux dire qu'ils viennent parce qu'il y a plein d'Africains. Et parce qu'ils sont quasiment sûrs de cueillir des clandestins parmi tout ce monde.

— Alors ils sont plus malins que je ne le croyais.

— Ne sous-estime jamais ton ennemi. C'est ce que disait déjà Clausewitz. »

Issa fixa Kodjo pendant une seconde. « N'importe quoi. »

Kodjo éclata de rire : « C'est vrai. Mais t'as réfléchi un peu. Pas vrai ?

— Petit con, dit Issa. Viens. Allons-y. On n'a pas eu de succès, voilà tout.

— Comme tu le disais.

— Comme je le disais. Comment tu es arrivé ici ?

— Qu'est-ce que tu veux dire ?

— En Allemagne… Je veux dire… Si tu viens du Ghana. Ils n'acceptent pas les Ghanéens. Plus depuis longtemps.

— Ah… J'avais un passeport togolais.

— À ton nom ?

— Non. Acheté.

— Donc tu t'es marié sous un faux nom ?

— Mmm…

— Mais ta femme le savait ?

— Bien sûr.

— Et quand vous êtes-vous séparés ? »

Une voiture de police passa à côté d'eux. Gyrophare allumé, mais sans sirène. Ils se dirigeaient vers le pont d'Oberbaum.

« Un accident », constata Issa en pointant son doigt droit devant. Deux véhicules s'étaient encastrés à l'entrée du pont. La voiture de patrouille s'y arrêta. Un autre véhicule de police arriva de la gare de l'Est.

« Tu veux dire… » Kodjo s'arrêta en montrant l'entrée de la station Warschauer Straße. « Non, Sandra n'en a pas tiré profit. Elle est vache, mais pas salope. On entre ici ?

— Je ne sais pas. Tu veux attendre qu'ils soient partis ? » Issa montra le carrefour devant eux. « Ça peut durer.

— Tu ne veux pas qu'on prenne le métro ? Je m'y sentirais plus en sécurité.

— On pourrait aussi tourner là-bas et prendre le prochain pont. Celui qui mène à Treptow.

— Ça fait un détour…

— Une promenade…

— OK, faisons juste ce qu'il faut pour dégager d'ici le plus vite possible. » Ils se faufilèrent le long du talus du S-Bahn et prirent à gauche. Une minute plus tard, Issa posa une main sur le dos de Kodjo.

« Doucement, frérot… On est assez loin. »

Kodjo ralentit. « Et toi, tu as toujours été Issa le Sénégalais ?

— Oui, j'ai toujours été Issa le Sénégalais. Et toujours avec des papiers en règle.

— T'as de la veine.

— T'es fort pour les expressions…

— J'avais déjà une copine allemande au Ghana.

— Comment ça ? Une touriste sexuelle ?

— Petit con… C'était la fille d'un type qui dirigeait une fondation. La Fondation Konrad-Adenauer.

— La CDU…

— Mmm… Mais la fille était sympa. »

Des pas rapides derrière eux. Un groupe tout de noir vêtu les doubla en courant.

« C'était quoi ça ? » demanda Issa.

Kodjo se retourna puis regarda de nouveau devant lui. Le groupe était déjà loin.

« Vous aviez quel âge ? demanda Issa.

— Dix-sept ans. Tous les deux. C'étaient qui ces types ?

— Des Antifa ?

— Merde. L'Antifa ça attire toujours les emmerdes.

— Oui, mais on les voit déjà plus. » Issa pointa son doigt au loin. « Regarde… Vous étiez vraiment ensemble ?

— Oui. Ça a duré quelques mois.

— Et son père ?

— Ce n'était pas un mauvais bougre. Mais il ne fallait pas qu'il l'apprenne.

— C'est à cette époque que tu as appris l'allemand ?

— Oui, et j'ai décidé qu'un jour j'irais en Allemagne. »
Kodjo se retourna encore. De ce côté-ci du fleuve, des immeubles. De l'autre, les vieilles constructions portuaires. Peu de voitures circulaient. En face, trois femmes marchaient dans la même direction qu'eux.

« C'est fou. »

Quelques mètres devant eux, les hommes en noir réapparurent. Ils avaient jailli d'une rue latérale. Ils s'arrêtèrent un instant devant le restaurant avant de s'y engouffrer.

Kodjo se retourna de nouveau. « Viens, on traverse. » Il tira sur la veste d'Issa. Quand ils arrivèrent de l'autre côté, le groupe en noir était en train de se faire expulser du restaurant. Un autre groupe avait surgi de la même rue que le premier. De jeunes hommes en tee-shirt blanc et en costume. L'un d'eux tenait une batte de baseball dans sa main. Les deux groupes commencèrent à se taper dessus devant la porte du restaurant. La batte de baseball montait et descendait.

« Avançons. » Kodjo tira Issa. Au même moment, deux fourgons de police déboulèrent en provenance de Treptow, gyrophares et sirènes enclenchés.

« Demi-tour. » Kodjo était déjà reparti quand il entendit d'autres sirènes venant de la direction opposée.

« Par là. » Kodjo désigna la rue d'où avaient surgi les Antifa et leurs poursuivants. Deux voitures passèrent, suivies par une autre sur le toit de laquelle tournait un gyrophare allumé.

« Merde ! » fit Issa.

Deux autres fourgons de police surgirent de la même direction que les premiers. Ils s'arrêtèrent à une certaine distance du restaurant. Du premier jaillirent six uniformes qui se précipitèrent dans la mêlée. Les flics du second fourgon bouclèrent la rue.

« Qu'est-ce qu'on fait ? Tu dois te sauver. » Issa fut pris de panique. Kodjo posa ses mains sur ses épaules dans un geste d'apaisement.

Deux nouveaux fourgons débouchèrent de la Warschauer Straße et se vidèrent de leurs occupants. Maintenant, les quatre voies étaient bloquées. Aucune issue.

« Arrêtez tout de suite ! » s'exclama un des flics. Derrière la voiture de police qui venait d'arriver, d'autres véhicules apparurent. Plus d'uniformes. Les flics formèrent un rang, reculèrent de deux pas et se mirent à diffuser du gaz lacrymo.

« Il faut qu'on se tire ! » Issa était complètement affolé.

« Reste calme ! dit Kodjo. Tu vois l'épicerie là-bas ? » Il désignait une enseigne Coca-Cola qui se trouvait deux immeubles au-delà du restaurant devant lequel se déroulait la bagarre.

« Bien sûr que je la vois ! »

Au milieu de la baston, il y eut des cris. Plus de gaz. Plus de cris. Kodjo vit la batte de baseball fondre sur un flic. Les uniformes attrapèrent le nazi. D'autres flics déboulèrent encore. Des gens plaqués au sol. Des arrestations.

« Il faut qu'on arrive à entrer là-dedans.

— Maintenant ?

— Tout de suite.

— Pourquoi ?

— J'ai besoin de tes vêtements.

— Mais pour quoi faire ?

— Viens ! » Kodjo tira Issa. Ils se frayèrent un chemin à travers la cohorte de flics et ouvrirent la porte du magasin. Un jeune homme se trouvait là, en train de regarder dehors.

« Fachos de merde…, fit-il en dévisageant Kodjo et Issa. Vous voulez quoi ? » Il portait un tee-shirt noir et blanc du Besiktas et ne semblait pas vouloir décoller le nez de sa vitrine.

« On peut acheter des cigarettes ? demanda Kodjo.

— Bien sûr », fit le type. Il passa derrière son comptoir. À l'extérieur on entendait des gémissements. Des coups. D'autres sirènes au loin.

« Quelle marque ? demanda le vendeur.

— Peu importe, répondit Kodjo avant de se tourner vers Issa. File-moi tes fringues. »

Comme Issa hésitait, il insista : « Maintenant.

— Comment ça ? Peu importe ? demanda le vendeur.

— Peu importe. Deux paquets », répéta Kodjo. Il tira sur la veste d'Issa pour qu'il l'enlève. « Mon tee-shirt ne suffira pas là-dehors. »

La veste d'Issa à la main, il désigna sa chemise. « Ça aussi. Et la cravate. » Il poussa Issa derrière une grande étagère.

« Mais comment je suis censé… ? »

Le fan du Besiktas haussa la voix. « Des Marlboro peut-être ?

— Des Marlboro, c'est super, approuva Kodjo. Trois paquets. » Il enfila la chemise par-dessus son tee-shirt et resserra la cravate. Puis il passa la veste.

« Ton pantalon », fit-il en retirant son jean. Issa comprit enfin ce que Kodjo avait en tête. Celui-ci lui donna un billet de vingt euros après avoir remonté la braguette du pantalon. « Pour les clopes. Prends ton temps en payant. Et il me faut aussi ta montre. »

Issa était planté devant lui en tee-shirt, le jean de Kodjo à ses pieds. « Mais…

— Prends ton temps ! »

« Trois Marlboro. Voilà. Merci. » Kodjo quitta la boutique et s'approcha sans hésiter du cordon que la police avait formé sur la chaussée. Le chemin vers Treptow était bloqué. Et derrière le cordon, deux fourgons de police crachaient toujours plus d'hommes en uniforme. Kodjo regarda autour de lui. Devant le restaurant, l'échauffourée continuait. Les nazis, les antifascistes, les flics, une vraie pelote. Et, au-dessus de la mêlée, un nuage toxique. À l'arrière-fond le déploiement des forces de l'ordre avec gyrophares allumés et sirènes hurlantes.

Tandis qu'il approchait des flics, Kodjo chercha celui qui lui paraîtrait le plus expérimenté. Il jeta son dévolu sur l'un d'eux dont pas un seul des muscles du visage ne bougeait. Il le fixait. Kodjo le fixa à son tour. Continua d'avancer. Un pas de plus. Et encore un. Il lui sourit. Lorsqu'il ne fut plus qu'à deux mètres de lui, il s'arrêta. « À peine a-t-on le dos tourné que ce genre de choses vous tombe dessus, dit-il en pointant le doigt derrière lui et en époussetant sa veste. Une société démocratique ne peut pas se permettre de tolérer les extrémismes. Vous savez... » Il regarda sa montre. Pas de réaction policière. Le flic ne s'intéressait pas à lui. « Là d'où je viens... » Derrière lui, toujours les cris et les gémissements. L'accrochage ne semblait pas près de s'essouffler. Kodjo inspira profondément pour pouvoir continuer à parler. Son cœur battait à se rompre. Le cordon policier s'ouvrit pour le laisser passer.

Kodjo salua le policier avec désinvolture, d'une main levée. Il s'approcha lentement de la rampe d'accès au pont. Là, il se pencha par-dessus le parapet et vomit dans les buissons en contrebas.

## 39

Une demi-heure plus tard, Kodjo était dans son appartement. Bouteille de bière à la main. Adossé au mur de la cuisine. À trente et un ans, la plupart des gens possédaient plus de choses que lui. Il n'était même pas propriétaire de ces meubles. Une cuisine spartiate qu'il utilisait rarement. Une chambre à coucher dont l'armoire était presque vide. Et un séjour où se trouvait le reste de ses biens : une pile de livres, un carton rempli de CD et un ordinateur portable.

À trente et un ans, la plupart des gens avaient fondé une famille. Il avait tant de nièces et de neveux qu'il en ignorait le nombre exact. Son frère William avait quatre enfants. Alors qu'il était de deux ans son cadet. Et il ne possédait pas une maison, mais deux. « Voilà ce que ça te rapporte ton Europe de merde, lui avait-il dit lors de leur dernière conversation téléphonique. Reviens, j'ai plein de boulot pour quelqu'un qui a tes qualifications. »

« Reviens. » L'écho de cette injonction avait résonné comme une moquerie railleuse dont on ne se débarrasse plus. Que ferait-il au Ghana ? Après presque dix ans passés en Allemagne. Son allemand était presque aussi bon que son anglais. Et il n'avait que très rarement parlé éwé ou une des autres langues ghanéennes depuis qu'il était arrivé ici. Si, avec Huff il lui arrivait de parler twi.

De deux doigts, Kodjo fouilla le carton de CD qu'il avait pris en quittant l'appartement de Sandra. Il trouva Oasis, *Morning Glory*. À l'époque, ils s'offraient mutuellement des CD. Il en avait laissé la plupart chez elle. Il avait juste pris ce que deux mains pouvaient porter. Il glissa le CD dans l'ordi et brancha les petites enceintes. Le volume de la première chanson lui parut trop bas, alors il monta le son.

« White Man's Music ». C'est comme ça qu'avait dit Huff, la fois où ils avaient parlé de musique dans sa boutique. Ils écoutaient tous du hip-hop, du r'n'b, du hiplife ou des trucs du Congo. Ils avaient failli laisser tomber leurs bouteilles de bière quand il avait dit qu'il écoutait du rock. « Personne ne peut danser là-dessus », avait dit Issa. Quelqu'un s'était levé et avait dansé comme le font les Blancs. À la fin, il s'était fait un croche-pied tout seul et les autres avaient rigolé. Même Kodjo. Mais il les emmerdait. Il aimait ça.

À trente et un ans, la plupart des gens avaient un job. Un vrai. Kodjo pensa à son père et à la façon dont il l'avait regardé quand il lui avait annoncé qu'il allait faire des études d'histoire. Il n'avait pas eu besoin de parler. Kodjo lui aussi s'était tu. Dans une famille où tous aspiraient à reprendre les affaires du père et à faire fructifier l'argent, son aîné lui apprenait qu'il voulait étudier l'histoire. Kodjo arrêta le CD. Il aimait Oasis, mais tout ça lui faisait trop penser au passé.

À trente et un ans, la plupart des gens avaient un avenir. Et lui ? Si la police l'appréhendait par hasard, le sien aurait la dimension d'un centre de rétention. Et ensuite… L'ambassade ghanéenne coopérait avec l'administration allemande. S'il leur expliquait qu'il venait du Ghana, ils le renverraient là-bas. S'il ne disait rien, on le mettrait dans un avion pour le Sénégal. Ou peut-être pour le Cameroun. Super perspectives.

Il ouvrit une deuxième bouteille. Chercha une autre musique dans iTunes. Quelque chose de plus actuel. Il tomba sur Calexico. Toujours de la « White Man's Music », mais plus râpeux, sans cette attitude que les jeunes hommes blancs affichent souvent. Cette attitude à la « Qu'est-ce que tu veux ? » Cette idée peu ragoûtante de leur propre invincibilité. Elle se nichait en eux tous. L'idée de supériorité. Ça se voyait, voilà tout.

Quelle journée de merde. Il arrêta aussi Calexico. Ce n'était pas cette musique qu'il lui fallait. Kodjo porta la bouteille à ses lèvres et la vida. Puis, il traversa tout l'appartement et éteignit les lumières. Il ouvrit la fenêtre du séjour et se pencha au-dehors. L'arrière-cour oblongue du passage qui s'étendait sur tout le pâté de maisons était toujours calme, à n'importe quelle heure de la journée. Parfois, on n'entendait pas un seul bruit, surtout la nuit. En face, il vit une vieille femme dans la lumière d'un lampadaire, elle fouillait dans son sac à main à la recherche de ses clefs. Il lui fallut un moment avant de les trouver. Quand elle y parvint, elle ouvrit la porte de son immeuble et disparut. Il pensa à Jeanette. Il l'avait complètement oubliée. Il n'avait pas pensé à elle ne serait-ce qu'une seule fois de toute la journée. De quoi étaient-ils convenus ? Devait-il l'appeler ? Ou bien elle ? Dans tous les cas, Jeanette serait très fâchée. La plupart des hommes de trente et un ans couchaient avec des femmes du même âge, pensa Kodjo. Le soupir qu'il poussa le fit sursauter. Une émotion qui venait du plus profond de lui, mais qu'il perçut comme étrangère à lui-même.

La plupart des hommes de trente et un ans avaient un chez-eux.

La plupart des hommes de trente et un ans étaient déjà morts.

La plupart des hommes de trente et un ans n'étaient pas recherchés par la police. Demain matin, il devait à tout prix chercher à quoi correspondaient les adresses qu'Anna lui avait données. Il jeta un coup d'œil sur le bout de papier. Aucun nom, aucune adresse ne lui disait quoi que ce soit.

## 40

Il faisait noir quand Kodjo se réveilla. Il sentait encore l'effet de la bière dans sa tête, mais quelque chose le tracassait et l'avait tiré de son sommeil. Dans la lumière de sa lampe de chevet, il inspecta de nouveau la liste de noms qu'Anna lui avait donnée, mais cela ne lui disait toujours rien. Il éteignit et s'enroula encore un peu plus dans sa couette.

Impossible de se rendormir. Il essaya une fois de plus. Allumer. Regarder le papier. Il y avait trois noms listés sous B B Bau et cinq sous HoBaBe. Deux P-DG et un fondé de pouvoir sous le premier, quatre P-DG et un fondé de pouvoir sous le deuxième. Que des hommes. À côté des noms, Anna avait écrit les adresses privées de ces gens. L'un des deux P-DG de B B Bau était aussi mentionné en dessous de HoBaBe. C'était le seul nom à apparaître deux fois. Kodjo ne connaissait aucun nom ni aucune adresse. Mais ces rues ne se trouvaient assurément pas à Neukölln. Wannsee était un endroit où habitaient des gens plus nantis que lui. La Terrassenstraße évoquait également un quartier résidentiel. Le P-DG qui travaillait pour les deux entreprises s'appelait Karl-Horst Schluttmann. C'est lui qui résidait au bord du lac de Wannsee. Dans la Terrassenstraße habitait un autre P-DG de la HoBaBe. Il s'appelait Peter Dirk Holzmacher.

Il n'avait plus le temps de dormir, alors Kodjo alla dans la salle de bains et ouvrit le robinet de la douche. Quand la température lui sembla agréable, il se plaça sous le jet et savoura la chaleur. La bouteille de shampoing à la main, il eut soudain un déclic. Il coupa l'eau et retourna dans la chambre sans s'essuyer. Holzmacher habitait 80, Terrassenstraße.

Trempé, Kodjo commença à regarder autour de lui. Ce papier déchiré, où était-il ? Il courut dans le séjour et regarda partout. Le carton avec les papiers à jeter se trouvait sous la table. Il en renversa le contenu sur le parquet. Autrefois il se débarrassait de ses déchets papier tous les deux jours, mais maintenant qu'il lisait les journaux en ligne, il le vidait beaucoup moins souvent. Il finit par retrouver le premier bout de papier. Encore quelques secondes et il avait aussi retrouvé l'autre morceau.

Il y avait écrit SS100. Et en dessous TS 80.

Le 100, Storkower Straße était l'adresse de la B B Bau. Et Holzmacher habitait 80, Terrassenstraße. Il chercha l'adresse sur Internet et la trouva près du lac de Schlachtensee. À peine une heure plus tard il descendait à la station de métro du même nom.

Kodjo dut parcourir une centaine de mètres entre la forêt et les rails avant de rejoindre la Terrassenstraße. Il n'était pas seul. Des femmes d'âge moyen, vêtues discrètement, une vieille dame s'aidant d'une canne pour marcher, deux jeunes hommes en bleu de travail, un homme en jean et tee-shirt. Deux hommes de plus de cinquante ans donnaient l'impression de flâner. Une des plus vieilles femmes était noire. Cela lui prit un certain temps, mais il comprit soudain qu'ils étaient tous des domestiques qui se rendaient à leur travail.

Lorsqu'il arriva à la Terrassenstraße, le groupe s'était éparpillé. Kodjo s'arrêta au carrefour. Ici apparaissaient les premières habitations, sans que la forêt s'arrête vraiment. Les maisons étaient grandes et hautes, de vieux arbres les entouraient. Il restait encore des gens dans la rue. Il s'arrêta et fit semblant de donner un coup de fil. Quand les deux hommes restés en arrière eurent disparu, il bifurqua dans la Terrassenstraße.

Les maisons étaient encore plus grandes de près. Certaines avaient trois étages. L'architecture n'était pas son point fort, mais il estima que de nombreuses bâtisses avaient été construites avant la Seconde Guerre mondiale.

Les arbres entre les différentes maisons protégeaient des regards indiscrets. Ça sentait la verdure et l'eau. La rive du Schlachtensee se trouvait tout juste derrière les maisons sur la gauche. Il lui fallut un certain temps pour atteindre le numéro 80. Une maison comme les autres. Un peu en retrait, avec un grand jardin devant. Un homme, qu'il avait croisé en chemin, se trouvait au bord de la pelouse avec un râteau et allumait une cigarette. Kodjo dépassa la maison et marcha moins vite.

Que venait-il faire ici exactement ? Il n'avait pas de réponse à cette question. Tout ce qu'il aurait pu dire si on la lui avait posée, c'était qu'il voulait voir de plus près la maison où vivait Peter Dirk Holzmacher. Il s'arrêta et se baissa. Très lentement, il refit ses lacets et se redressa. Puis il rebroussa chemin. Le jardinier avait disparu.

Kodjo resta une minute sur le trottoir devant la maison et l'observa. Ce n'était pas une construction ancienne. Plutôt une bâtisse d'après-guerre. Deux étages et un toit avec quelques fenêtres. Pas de voitures en vue. L'allée qui menait à la porte d'entrée était vide. À côté de la maison se trouvait un garage avec de la place pour quatre véhicules, une porte était ouverte et, derrière, il aperçut quelques pneus posés contre le mur.

Il était temps de se remettre en route. Ce n'était pas un quartier très accueillant. Et contempler une maison, même par intérêt pour son architecture ou son infinie splendeur, pouvait rapidement vous attirer des ennuis. Il repartit en direction de la gare. La voiture qui se dirigeait vers lui portait le logo d'une entreprise de sécurité qu'il connaissait bien maintenant. « Sec Tech » s'affichait en grand sur la portière.

Oui, c'était bien ça. Kodjo poursuivit son chemin sans jeter un regard à la voiture. Il espérait que le conducteur n'était aucun des deux employés qui l'avaient tabassé chez B B Bau. Quelques secondes plus tard il s'arrêta et se retourna. La voiture avait disparu. Il fallait qu'il retourne jeter un œil au numéro 80.

Kodjo revint lentement sur ses pas et s'abrita entre deux petits monospaces appartenant à une entreprise de carrelage, il regarda la maison. Il s'efforça d'absorber le plus de détails possible, mais il ne savait pas exactement ce qu'il cherchait. Pas question de prendre plus de risques, comme inspecter la boîte aux lettres ou passer derrière le bâtiment. Il ne pouvait pas se le permettre.

La fenêtre au rez-de-chaussée était sécurisée avec des barreaux. Au-dessus de la porte d'entrée, il y avait une alarme rouge. Et au-dessus, en biais… Kodjo se focalisa sur la tache noire à droite de l'alarme, il repéra une petite caméra. À ce moment-là, il vit ce qu'il aurait pu remarquer depuis le début : d'autres taches noires sur la façade blanche. Il les compta : une à gauche de la maison, filmant le jardin, une au-dessus pour surveiller les garages, et une autre encore. Et celle-ci était pointée sur lui.

À sa droite, Kodjo entendit un bruit. Il regarda alentour. La voiture de Sec Tech roulait vers lui. Instinctivement, il s'accroupit de nouveau entre les deux monospaces. Il eut l'impression de commettre une erreur. Si quelqu'un l'avait remarqué, il allait bientôt devenir un fugitif. Mais la voiture de Sec Tech passa sans s'arrêter.

Il se redressa et regarda la maison une dernière fois. Puis il repartit. Peut-être y avait-il une autre possibilité d'apprendre quelque chose sur Peter Dirk Holzmacher. Les dossiers de B B Bau étaient-ils destinés à cette adresse ? Et si c'était le cas… Qu'est-ce que cela signifiait ? La réponse à cette question avait-elle une quelconque importance pour lui ?

Quoi qu'il en soit, une question demeurait importante : avait-il un meilleur indice que cette maison et Holzmacher ?

Kodjo ralentit. Une voiture de sport s'approchait de lui à toute allure. Lorsqu'il remarqua que c'était le même modèle que celle du meurtrier, il retint brièvement son souffle. Il ne voulait pas prendre le risque de se faire repérer, alors il tourna le dos à la chaussée, mais quand la Mercedes l'eut dépassé, il osa tout de même un coup d'œil. Le temps d'apercevoir l'autocollant.

Sans réfléchir, il se lança à la poursuite de la voiture.

L'homme l'avait garée juste devant le 80, Terrassenstraße. Kodjo, dissimulé derrière un arbre, ne pouvait pas le voir distinctement. Il avait déjà franchi le seuil de sa maison. Mais Kodjo avait eu le temps de reconnaître son mouvement d'épaules quand il marchait, ce mouvement d'épaules qui avait déjà attiré son attention la nuit du crime.

Il frissonna. C'était lui. Il avait retrouvé le meurtrier.

## 41

*Je n'ai plus rien à faire ici*, se dit Kodjo en traversant lentement la Terrassenstraße. Il ne lui restait plus qu'à filer. Surtout, il voulait continuer à passer inaperçu.

Une autre voiture de Sec Tech était garée devant une maison néobaroque. Ou bien était-ce la même qu'à l'instant ? En tout cas, c'était le même modèle, mais il n'y avait personne à l'intérieur. Continuer. Kodjo atteignit la rue qui menait à la station de métro, enfin ! Deux femmes marchaient dans sa direction. L'une était en surpoids, elle avait coincé son sac sous son bras comme si elle craignait que quelqu'un le lui arrache. L'autre était mince et, avec ses grosses lunettes typiques des années 1970, elle avait l'air de s'être trompée d'époque. Elles le saluèrent d'un hochement de tête à peine perceptible. Il les salua à son tour. Si elles croisaient un Noir ici, ça devait être le jardinier de quelqu'un. D'un voisin de leur employeur.

Encore une voiture de Sec Tech. Un autre modèle. Celle-ci roulait vers la station de métro. Cette boîte devait être en contrat avec plusieurs propriétaires du coin, ou peut-être même assurer la sécurité de tout le quartier. Peu importe. Il devait filer d'ici. Ne pas courir le risque d'être reconnu. Ou alors… Soudain une pensée lui traversa l'esprit. Peut-être que c'était déjà fait. Ces types l'avaient repéré et ils le suivaient pour découvrir où il avait l'intention d'aller.

La station de métro était presque vide. Un homme en costume noir tenait son journal de façon à pouvoir le lire et voir le quai en même temps. De fines lunettes de soleil cachaient ses yeux. Kodjo s'arrêta derrière lui. Le type ne bougea pas.

Une femme avec un bébé sur la poitrine se plaça entre Kodjo et l'homme au costume. Celui-ci sortit un téléphone de sa veste et entama une conversation. Ne bougeait pas d'un millimètre. Ne regardait pas autour de lui.

*Ce type est un pro*, pensa Kodjo. *Et moi, je suis parano.* Quand la rame arriva, il monta dans une autre voiture que le type en costume. Lequel ne lui prêtait toujours aucune attention.

Il était presque dix heures. Il serait à l'heure au travail. Kodjo retint sa respiration et écouta les battements de son cœur. Ta-dam, ta-dam, ta-dam. Il l'avait vraiment trouvé. C'était donc lui. Peter Dirk Holzmacher. Avec ce nom, il s'était imaginé un homme plus âgé. Voire carrément un vieux. Peter Dirk serait-il le père, l'oncle, le grand-père du meurtrier qu'il avait eu sous les yeux à l'instant ? Mais peu importe, il l'avait localisé. Et il avait aussi le numéro d'immatriculation de la Mercedes : B-HT 1347. Il devait pouvoir en tirer quelque chose.

À Steglitz un autre costume noir monta dans sa voiture. Comme l'autre, il ne portait pas de sacoche et avait des lunettes de soleil sur le nez. Lui aussi tenait un journal dans la main. C'était un homme petit, agile, qui se faufila habilement près d'un géant qui portait des baskets tachetées de différentes couleurs et un sac à dos tout aussi coloré. De là où il était, le type avait une vue parfaite sur Kodjo. Kodjo s'écarta un peu de son champ de vision.

Il fallait qu'il trouve le moyen de faire sortir le meurtrier de sa tanière. N'était-ce pas le but recherché avec toutes ces affiches qu'ils avaient collées ? Holzmacher les avait-il déjà remarquées ? Mais ensuite ?

Une femme était assise en face de lui et le regardait. Elle avait plus de quarante ans, mais pas encore cinquante. Jean et chemisier. Des boucles travaillées par le coiffeur. Besace sur les genoux. Trop de fard sur les joues. Elle le regardait dans les yeux. Non, elle le dévisageait.

Kodjo se détourna et regarda par la fenêtre le paysage citadin qu'ils étaient en train de traverser, que ce soit Steglitz ou un autre s'ils l'avaient déjà dépassé. Il compta jusqu'à vingt. Puis il regarda de nouveau la femme. Ses yeux étaient toujours braqués sur lui. Il la fixa à son tour. Cela dura bien dix secondes. Finalement, la femme se mit à jouer avec ses doigts. Kodjo eut l'impression qu'elle était en colère.

Le petit homme qu'il avait repéré se trouvait toujours derrière le grand type au sac à dos.

À Schöneberg, Kodjo prit son temps. Le costume descendit avant lui et quitta rapidement le quai. La femme qui venait de le fixer le bouscula en sortant. La rame repartit. Kodjo regarda autour de lui. Personne alentour. Il était nerveux. Excité ! En attendant le S-Bahn circulaire, il ne vit plus aucune trace de l'homme en costume.

*Prends sur toi*, se dit-il.

Il arriva à l'Hibiskus avec dix minutes d'avance. Il salua Linde derrière son comptoir, Ellen et un nouveau garçon au service, puis se dirigea vers la cuisine. Alors qu'il se retournait une dernière fois, il eut l'impression de voir quelqu'un avec un sac à dos coloré. Mais cette personne disparut aussitôt. Il fallait qu'il arrête de psychoter et de penser qu'on le suivait.

## 42

« Donc les affiches n'ont servi à rien ? » Assise à une table pour deux dans un coin du café, Marie le regardait dans les yeux. Le service de Kodjo était terminé, le sien allait commencer.

« Probablement. » Kodjo lui sourit. « Mais nous le tenons. Presque en tout cas...

— Mmm. Presque. Et qu'est-ce qu'on fait maintenant ? Je dois aller me changer. Il y a du monde aujourd'hui. La moitié des tables sont déjà réservées pour ce soir.

— On ne sait pas encore grand-chose. On a établi un lien avec la maison de la Terrassenstraße. Mais on ne connaît pas son nom.

— On a sa plaque d'immatriculation.

— Oui. Est-ce qu'on peut trouver le propriétaire de la voiture avec ça ? Il nous faut son nom.

— Je vais poser la question à Anna avant de prendre mon service. Peut-être qu'elle aura une idée. » Marie se leva et lui donna un baiser. Furtivement, mais sur les lèvres. Puis elle se dirigea vers le vestiaire.

Kodjo quitta le café et se rendit à la boutique de Huff. Eula était derrière le comptoir, en train d'encaisser les achats d'une femme qui déposait des produits pour les cheveux dans un sac. Elle leva simplement la tête pour le saluer avant de se tourner vers une autre cliente. Kodjo alla directement dans la pièce du fond. Seuls Huff et Issa étaient là. Tous deux avaient les yeux rivés au sol.

« Qu'est-ce qui se passe ? » demanda Kodjo.

Les deux hommes se regardèrent. Chacun attendant que l'autre réponde.

« Dites-moi.

— Tu te souviens d'Ato ? » Issa posa sa bière par terre.

Kodjo réfléchit. « Ça fait longtemps que je ne l'ai pas vu. Il est de retour au… Il venait d'où déjà ?

— Du Cameroun, dit Huff.

— On l'a expulsé, dit Issa.

— Il s'était remis en route, continua Huff.

— Pour revenir ici ?

— Mhm, fit Huff.

— Il m'a envoyé une photo, expliqua Issa. Du Maroc.

— Et alors ? »

Issa fouilla dans ses poches et en sortit son téléphone. Il appuya sur quelques touches. Le tendit à Kodjo.

La photo montrait Ato. Un selfie. La mer en arrière-plan. Un petit bateau pneumatique. Propulsé par un moteur hors-bord. Environ vingt personnes entre Ato et le bateau. Certaines regardaient la caméra. La plupart rassemblaient leurs affaires. L'un d'eux avait le pouce levé et souriait à pleines dents.

« Est-ce que ça va ? » demanda Kodjo.

Pas de réponse.

« Merde, fit Kodjo. Le bateau ? »

Huff hocha la tête.

Eula frappa deux petits coups contre l'encadrement de la porte. « À plus tard », lança-t-elle à Huff.

Les larmes coulèrent sur les joues d'Issa. « Il était cool. Je l'aimais bien. Vraiment.

— Des gens ont parlé à Ato. Par téléphone satellite. Ils étaient en situation de détresse. » Huff se leva et quitta la pièce.

« Ils se sont noyés tout simplement, ajouta Issa. Les Espagnols ont envoyé un navire de sauvetage, mais il est arrivé trop tard.

— Ils sont tous morts. » Huff était revenu. Kodjo regarda encore une fois l'écran du téléphone. L'expression d'Ato était tendue. Il savait ce qui l'attendait. Il savait que la traversée de la Méditerranée serait dangereuse. Ce n'était pas la première fois qu'il la faisait. Il n'y avait que des hommes sur la photo. Vingt ans. Trente. À peine plus. Kodjo s'attarda sur l'un d'entre eux, en train de nouer son gilet de sauvetage sur la poitrine. Par forte houle, personne ne les sauverait. Il agrandit l'image à côté de l'homme. Regarda plus attentivement. Si. Il y avait aussi deux femmes. L'une portait un petit enfant dans ses bras. Les deux femmes semblaient en pleine discussion.

Kodjo rendit le téléphone à Issa.

« Je ne vais pas tarder à fermer, dit Huff. J'ai besoin d'un peu de temps pour moi. » Il se leva et quitta la pièce.

Issa se leva à son tour. Se dirigea vers la boutique.

Kodjo le suivit et s'arrêta immédiatement. « Stop, fit-il en se retournant. Revenez.

— Qu'y a-t-il ? demanda Huff lorsque tous les trois se trouvèrent de nouveau dans la salle du fond.

— Ce type là-bas.

— Quel type ? » Issa était sur le point de retourner dans la boutique, mais Kodjo le retint par l'épaule.

« Non ! Attends. » Kodjo fit un geste vers la rue. « Si tu regardes dehors, tu verras un type. Grand. Jean et sweat à capuche. Il me suit.

— Toi ? fit Huff. Un flic ?

— Pas un flic. Mais je l'ai vu ce matin. Je crois.

— *Come on*, lança Huff. Tu crois ? Ou tu es sûr ?

— Je suis... Je ne sais pas. Ce matin, j'avais une drôle de sensation.

— Tu l'as vu où ? demanda Issa.

— Dans le métro.

— Où ça ? Huff.

— De Steglitz jusqu'à Schöneberg.

— Tu faisais quoi là-bas ? demanda Issa.

— On s'en fiche. Je crois qu'il me suit.

— Tu sais quoi, lança Issa, je vais sortir et tenter un truc. Je reviens tout de suite.

— Tu veux l'attirer ailleurs ? demanda Kodjo.

— Non, pour ça, il me faudrait tes vêtements. Donne-moi cinq minutes. » Là-dessus, Issa sortit de la boutique. Kodjo le suivit des yeux, mais Issa disparut rapidement.

« Si ce n'est pas un flic, demanda Huff, alors c'est qui ? »

Kodjo lui raconta l'histoire du matin. « Wouah, dit Huff. Donc tu l'as trouvé ?

— Je ne sais même pas comment il s'appelle.

— Je peux t'aider d'une manière ou d'une autre ? »

Kodjo réfléchit quelques secondes. « Je te dirai, si j'ai besoin. »

La porte du magasin s'ouvrit. Issa entra. « Alors..., commença-t-il.

— Quoi ? » demandèrent Kodjo et Huff d'une même voix.

Issa sortit son téléphone de son pantalon et le tendit à Kodjo. « Trois photos. »

Kodjo vit l'image d'une personne en pied, son visage de profil et une image montrant l'homme de face. « La dernière, je l'ai faite à l'arrache. Pardon. »

Jean neuf. Sweat noir, capuche dans la nuque. Le visage… banal. Un visage qu'il serait difficile de décrire. Rond, nez retroussé, rasé, cheveux foncés sans couleur spécifique, des oreilles plutôt grandes et comme effilochées sur le haut – mais qui prêtait réellement attention aux oreilles ? Kodjo imagina l'homme avec des baskets et un sac à dos multicolores. Il n'était pas tout à fait sûr.

« Je crois que c'est lui.

— Donc il t'attend pour te… quoi ? Te suivre ?

— Probablement.

— On fait quoi ? » Huff alla dans le magasin, puis revint environ trente secondes après. « Il est toujours là, mais il s'est déplacé de quelques mètres.

— Peut-être que, finalement, je vais avoir besoin de ton aide, dit Kodjo.

— Comment ?

— Y a-t-il une autre sortie ?

— Oui. » Huff montra une fenêtre.

« Dans la cour. Tu franchis le mur. Puis tu passes par l'immeuble de l'autre côté du bloc.

— La porte de la cour est ouverte ou fermée ?

— Tu vas devoir le découvrir par toi-même. »

Deux minutes plus tard, Kodjo grimpait sur le mur qui le séparait du terrain voisin. La porte de la cour se laissa ouvrir sans résistance et il se retrouva vite dans la rue. Huff et Issa allaient encore rester un moment dans le magasin, contrairement à ce qu'avait prévu Huff au départ. Ils fermeraient ensemble pour, le cas échéant, affronter le grand type à deux.

Kodjo leur était reconnaissant. Mais encore plus que ce sentiment de gratitude, c'était la peur qui l'accaparait. Un seul indice contre lui et il risquait plusieurs dizaines d'années de prison.

# 43

Chez lui, Kodjo s'allongea sur le lit et contempla les photos qu'Issa lui avait envoyées. Désormais, il était sûr que l'homme qu'il avait photographié le suivait depuis ce matin. Le type avec le sac à dos. Dans le métro, il avait davantage remarqué les couleurs de ses baskets et de son sac que l'homme lui-même. Il se souvenait mieux du petit en costume. C'est lui qu'il avait regardé. C'était son visage qu'il se rappelait. Et il l'aurait reconnu.

En revanche, la manœuvre de diversion de Huff et Issa pour retenir ce type aux abords de la boutique avait fonctionné. Mais maintenant celui-ci savait où Kodjo travaillait et il reviendrait. Kodjo tenta de récapituler tout ce qui s'était passé depuis ce matin.

Les caméras de la maison dans la Terrassenstraße. Quelqu'un l'avait-il remarqué ? Le conducteur de la Mercedes ? Remarqué et reconnu ? Était-il capable de reconnaître un Africain qu'il avait croisé au beau milieu de la nuit ? Mais la nuit où ils s'étaient retrouvés tous les deux en même temps devant la porte de cet immeuble n'avait pas été n'importe quelle nuit. L'autre venait de tuer une femme.

Le conducteur de la Mercedes l'avait-il repéré sur les images de ses caméras ? Comment avait-il pu réagir aussi vite ? Apparemment, l'homme au sac à dos le suivait déjà dans le métro. Donc on lui avait transmis les renseignements nécessaires plus tôt. Dans la rue.

Du 80, Terrassenstraße jusqu'à la station de métro, Kodjo avait parcouru le trajet en dix minutes à peu près. Laissant suffisamment de temps au meurtrier pour appeler les gars de Sec Tech. Voilà pourquoi il avait vu arriver les voitures de cette société. Dont une l'avait doublé alors qu'il se dirigeait vers le métro. Mais que savait l'homme au sac à dos sur lui ? Il savait où il travaillait. Et il connaissait la boutique de Huff grâce à qui il avait pu échapper à sa surveillance. Qu'allait raconter ce type à son supérieur ? « Chef, je me suis fait rouler dans la farine par ce gars. » Ou alors : « Qui aurait pu s'y attendre ? » D'ailleurs, son poursuivant avait-il compris qu'il lui avait joué un tour ? Ou bien pensait-il avoir perdu sa trace à cause d'un manque de vigilance de sa part ? Ces Noirs. Ils se ressemblent tous. On connaît ça.

S'il avait des papiers en règle... Que ferait-il ?

Il irait voir les flics pour les convaincre de son innocence. « Salut, je m'appelle Kodjo et je ne ferais jamais ce genre de choses. – Ah oui, dirait un policier, c'est bien dommage alors, mais bon, sans rancune, on va continuer à enquêter jusqu'à ce qu'on trouve le meurtrier. »

S'il se présentait au commissariat, ils l'enfermeraient et l'inculperaient. C'était une évidence.

Mais s'il avait eu des papiers, il ne se serait jamais retrouvé dans cette situation. Il aurait un joli appartement et un bon job. Il ne serait pas dépendant de Jeanette. Il ne serait pas obligé de dormir de temps à autre dans cet immeuble vide, sous prétexte qu'elle recevait des invités dans son second appartement.

Merde. Il avait oublié Jeanette. Encore une fois. Et elle ne l'avait pas appelé. Signe qu'elle boudait. Avaient-ils prévu quelque chose ? Probablement pas... Seulement...

Il était presque dix heures. La soirée n'était pas finie. *Appelle-la tout de suite, sois gentil avec elle, tout ira bien.* Kodjo fit apparaître le numéro de Jeanette sur l'écran de son téléphone. Le fixa. Puis le mit en veille.

Il avait besoin d'une bonne nuit de sommeil. Il se déshabilla et s'allongea sous la couette. Il pensa à Marie et ne parvint pas à s'endormir. Il pensa à son beau passeport allemand. Et se maudit immédiatement d'avoir eu cette pensée.

*Maintenant, dors*, s'enjoignit-il. Il voyait le grand type, ses baskets et son sac colorés, et aussi sa silhouette devant la boutique de Huff. Il n'allait pas tenter le diable une seconde fois.

*Il faut que tu dormes, Kodjo.* Il se tourna sur le côté et tira la couette par-dessus sa tête. Pouvait-il retourner à l'Hibiskus maintenant qu'ils savaient où il travaillait. Il se redressa. Le sommeil ne s'obtenait pas de force.

Il tenta de respirer calmement. Le téléphone sonna. Jeanette.

« Allô, dit Kodjo.

— Allô », fit Jeanette. Sa voix était sèche et donnait l'impression qu'elle parlait à travers un morceau de tissu. « Je veux que tu déménages. Pas tout de suite, mais je veux que tu cherches autre chose dès que possible. » Elle donnait l'impression de lire un texte écrit au préalable. « Et nous ne sommes plus ensemble. Je ne veux plus qu'on se voie. Fais-moi simplement savoir quand tu seras parti. Tu peux mettre les clefs dans la boîte aux lettres. » Il y eut une pause, comme si elle avait écrit autre chose sur le papier, puis elle mit fin à la conversation.

Kodjo se leva et alla chercher le whisky bon marché que quelqu'un lui avait apporté un jour. C'était la dernière bouteille d'alcool qui lui restait. Il en versa dans un verre à eau et but des gorgées contrôlées jusqu'à ce qu'il sente la chaleur envahir à la fois sa tête et son ventre.

Encore le téléphone. Il regarda l'écran.

« Marie. Qu'est-ce qui se passe ? »

Elle pleurait.

« Tu sais ce que veut dire le sifflement ?

— Quel sifflement ?

— Tu te souviens ? Les deux jeunes Blancs au bord de la Spree.

— Ah oui…

— …

— Quoi ?
— …
— Marie ?
— C'est du gaz… C'est pour imiter la chambre à gaz. »
Kodjo entendit ses profonds sanglots.

# SECONDE PARTIE

# 1

Il était un peu plus de quinze heures quand Deniz Ortaç entendit le réveil. Il donna un grand coup dessus et s'étonna une fois de plus que l'appareil, payé un euro dans un bazar, ne se casse pas en mille morceaux. Puis il s'assit sur le rebord du lit et retira les boules Quies enfoncées dans ses oreilles. Encore une demi-heure et sa plus jeune rentrerait de l'école. D'ici là, il se serait douché et habillé.

Deniz ouvrit les rideaux et regarda dehors. En voyant les gens se diriger vers la station de métro de la Bayerischer Platz, il se félicita d'avoir déménagé à Schöneberg. Cela avait été une bonne décision. Leurs trois enfants étaient plus en sécurité ici qu'à Wedding, où il y avait trop d'étrangers. Trop de drogue.

La drogue était ce dont il avait le plus peur. Les Africains traînaient partout et certains vous poursuivaient jusque sur le quai de la Leopoldplatz. Bien sûr, c'était sans commune mesure avec Görlitzer Bahnhof. Là-bas, à peine sorti du métro, on entendait les chuchotements des revendeurs. Même si aucun d'eux ne lui en proposait. Il n'avait pas l'air d'un type qui se droguait.

À Wedding, les choses n'en étaient pas encore là, mais il estimait avoir été bien inspiré de déménager à Schöneberg. Grâce à la promotion de Semiha au lycée, le salaire de prof de sa femme et le sien suffisaient pour payer le loyer, le nécessaire pour leurs trois filles, leur formation et tout le reste. Même s'il ne restait jamais grand-chose à la fin du mois. Pour que ça continue à bien se passer, il fallait simplement qu'aucun problème ne leur tombe dessus.

Ce qui leur permettait de se rassurer, aussi, c'était la prime supplémentaire qu'il touchait depuis qu'il conduisait le bus de nuit. Semiha et lui s'étaient mis d'accord pour économiser cet argent. Un matelas de sécurité, comme on dit. En cas de pépin.

Au saut du lit, il n'était jamais vraiment lui-même. Tout semblait en suspens, chaotique. Sur quoi pouvait-on compter aujourd'hui ? Qui gardait encore le même job tout au long de sa carrière ? Autrefois c'était la norme. C'était la vie qu'avait eue son père après avoir émigré en Allemagne. Trente-quatre ans chez Ford à Cologne.

Deniz ouvrit le robinet de la douche. Si l'appartement était en bon état, il fallait attendre une éternité avant que l'eau soit chaude. Le gérant de l'immeuble allait devoir s'en occuper. Deniz compta jusqu'à dix et se glissa sous le jet. L'eau chaude lui martela le dos.

Il pensa à la nuit dernière, quand il avait fermé la porte coulissante de son bus au nez de ce groupe d'hommes alcoolisés et redémarré. L'un des types avait donné un coup de pied contre la carrosserie. Des connards. Complètement bourrés. Sûrement qu'ils auraient dégueulé sur ses sièges. Parfois il fallait refuser de laisser monter ce genre de personnages. À Hackescher Markt, il n'en avait pas vraiment la possibilité, mais à des arrêts plus petits, il lui arrivait de continuer son chemin pour ne pas prendre en charge les ivrognes qui attendaient le bus. Après tout il était responsable de la sécurité de ses passagers. Lui et personne d'autre.

Aujourd'hui ce serait moins stressant. Ils avaient annoncé de la pluie pour la nuit. Il aimait la pluie. Il fallait faire plus attention en conduisant, la vue était moins bonne et la distance de freinage s'allongeait, mais la pluie avait aussi des avantages. Son public devenait plus civilisé.

Deniz se sécha et regarda le ciel par la fenêtre. Un gris intense, comme si souvent à Berlin. Il n'y avait rien à faire. La météo, c'était le destin. Il allait bientôt commencer à pleuvoir. Il avait un sixième sens pour ça. Il entendit une clef tourner dans la serrure de la porte d'entrée.

## 2

*Il va bientôt pleuvoir*, se dit Kodjo en déposant les deux sacs sur le trottoir à Moabit. Depuis qu'il était sorti du métro, leur poids tirait sur ses épaules. Ils contenaient une partie de ses maigres possessions, quelques livres, l'ordinateur, les chaussures, les vêtements de jogging. Il allait devoir retourner à Neukölln une ou deux fois – il espérait que ça suffirait pour récupérer ce qui restait dans l'appartement de Jeanette. Encore une centaine de mètres. Il souleva de nouveau les sacs. Il fallait monter au quatrième étage. Ce serait bien qu'il aille récupérer le reste aujourd'hui.

Il ouvrit la première porte et la cala contre le mur. Puis il ressortit et souleva les deux sacs. Lorsqu'il se retourna pour entrer dans l'immeuble, il vit une silhouette qui lui parut familière au carrefour. Avant même que ses yeux puissent accommoder, elle avait disparu. Mais qu'est-ce qui lui avait semblé si familier ? Un homme grand et mince. Était-ce un détail dans son attitude ?

Peu importe.

Quand la grande porte se fut refermée, il se souvint soudain d'un habitué de l'Hibiskus qui avait les mêmes caractéristiques physiques. Il prenait toujours le temps de boire un café au lait avant de commander à manger. Il venait un peu avant quatorze heures. Et chaque fois le même rituel : son café au lait, puis sa commande. Était-ce lui qu'il avait aperçu ? Ça faisait une trotte depuis le café. Mais, après tout, lui aussi était venu jusqu'ici, à Moabit.

Kodjo ouvrit la porte du bâtiment du fond. Il n'y avait pas de crochet au mur pour la retenir, alors il donna un coup de pied pour qu'elle s'ouvrît en grand. Il monta lentement, une marche après l'autre.

Arrivé sous les combles, il déposa les sacs et s'approcha de la fenêtre. L'appartement de la blonde assassinée n'avait pas encore été vidé. Même la pièce où avait été commis le meurtre donnait l'impression que Dunya L. allait revenir d'une minute à l'autre et accueillir ses clients. Une goutte d'eau s'écrasa contre la vitre devant le nez de Kodjo et glissa lentement et comme en hésitant tout du long. Elle disparut juste avant d'atteindre le châssis. Elle avait gaspillé son énergie. Une deuxième goutte roula dans le champ de vision de Kodjo, puis une troisième.

Il avait commencé à pleuvoir. Néanmoins il devait continuer. Vider l'appartement avant que Jeanette rentre chez elle. Et trouver un nouveau logement au plus vite. Il se donnait une semaine. Les réseaux africains, l'Hibiskus, quelques anciennes connaissances – de toute façon, ça pouvait difficilement être pire qu'ici, sous les toits.

Il savait qu'il devait être prudent. Dans ce quartier, tous ceux qui ressemblaient de près ou de loin à des Africains couraient le risque d'être dénoncés. Mais il ferait attention. Voilà dix jours que le meurtre avait été commis et les flics ne lui étaient pas tombés dessus ; il n'y avait aucune raison que ça ne continue pas comme ça.

Quand il sortit de l'immeuble, il vérifia les alentours, mais personne ne lui accorda d'attention, ne serait-ce qu'une fraction de seconde. Une femme avec un landau marchait le long du trottoir. En face se trouvait un garçon avec un ballon de foot, attendant quelque chose ou quelqu'un. Il pleuvait, mais pas très fort.

Au carrefour où la silhouette avait disparu tout à l'heure, il n'y avait plus personne.

L'entrée du métro n'était pas loin. Encore deux autres voyages, et il laisserait les clefs dans la boîte aux lettres de Jeanette à Neukölln. Sans un mot.

## 3

« Ça n'a pas été une réussite.

— Vous avez entièrement raison, monsieur Holzmacher.

— Ils se sont quand même fait piquer la camionnette sous le nez.

— Difficile d'avoir un autre avis là-dessus.

— Le voleur est probablement un ancien employé. On l'a viré. Il n'était pas fiable. Et maintenant, il nous fait ce coup-là.

— C'est devenu un vrai souci. Chez Sec Tech aussi nous avons des difficultés à trouver du personnel qualifié.

— Oui… Je connais bien le problème. Et en ce qui concerne ce type…, je veux l'attraper. Mais sans attirer l'attention.

— Entendu.

— Je sais où il habite, en tout cas dans quel quartier.

— À savoir…

— Moabit.

— Donc…

— Et ces dossiers…

— Oui ?

— Nous ne voulons pas qu'ils tombent entre les mains de tiers. Il y est question de toutes sortes d'affaires délicates. Vous savez sans doute que la B B Bau n'a pas existé très longtemps. Il y a eu des discussions avec de nombreux partenaires sur tout un tas de projets qui, au final, ne se sont pas réalisés. Tout ce dont je vous parle est consigné dans les dossiers. Et vous savez probablement aussi que la B B Bau a eu très mauvaise presse à la fin. Nous ne voulons pas nuire à notre société avec cette histoire.

— Bien sûr.

— Il y a encore autre chose…

— Allez-y. On ne m'impressionne pas si facilement.

— Ha ha… Elle est bien bonne. Quelques dossiers font référence à des processus pas forcément très exemplaires. Vous voyez ce que je veux dire ?

— Bien sûr. Vous voulez dire que ces papiers sont de ceux qui ne doivent en aucun cas atterrir sur le bureau d'un rédacteur en chef de journal. En ce qui nous concerne, vous pouvez compter sur tout notre soutien. Vous avez besoin de combien de personnes ?

— Sûrement six.

— Pas de problème. Pour combien de temps ?

— Un jour et une nuit peut-être.

— Comme je vous l'ai dit, aucun problème.

— Et les personnes que vous m'enverrez doivent être dignes de confiance.

— Vous savez que vous pouvez compter sur nous. Enfin… mis à part ce petit incident pour lequel je voudrais encore une fois m'excuser. Mais ces deux idiots…

— Vous savez quoi ? Envoyez-moi aussi ces deux-là.

— Ah bon ? Mais pourquoi ? Ah… Oui…, je vois ce que vous cherchez à faire. La réparation. Vous voulez leur laisser leur chance, n'est-ce pas ? Je trouve ça noble de votre part, monsieur Holzmacher. Vraiment noble. Ils ne vous décevront pas. Pas une seconde fois.

Oui, ça, Frank Michael Holzmacher était sûr que ces deux-là n'oseraient pas le décevoir à nouveau. Il rangea son téléphone. Ils seraient même bien contents de pouvoir jouer un sale tour à ce Noir. Il ne pouvait y avoir meilleur personnel pour cette tâche. Les quatre autres gars avaient déjà travaillé pour les entreprises de son père eux aussi.

Ils n'allaient pas se mettre à chialer s'il fallait trimer un peu. Peut-être même que ça les amuserait.

## 4

« J'arrive tout de suite », fit Marie. Elle déposa trois assiettes sales et les couverts sur le comptoir de la cuisine, se dirigea vers la caisse et sourit à Ellen, assise sur un tabouret de bar, en train de siroter un thé. Le ticket imprimé à la main, elle retourna à la table et encaissa. La femme aux cheveux teints en blond paya pour elle et deux adolescents qui devaient être ses deux fils presque adultes.

« Cascade de pourboires. » Marie versa dans une casserole le contenu du compartiment de son portefeuille prévu pour les offrandes des clients, qui seraient réparties entre tout le monde à la fermeture.

« Il y a pire ! » Ellen prit le portefeuille. « Et sinon, rien à signaler aujourd'hui ? » Marie fit non de la tête.

Alors qu'elle se changeait, elle se souvint qu'il s'était pourtant produit un événement notable. Un grand type massif était resté assis à l'Hibiskus pendant une heure. Il avait commandé deux tasses de café, noir, et avait pris tout son temps pour les boire. Cela arrivait parfois, mais l'attitude de ce client l'avait interpellée. Il n'avait pas lu de journal, ni travaillé sur son ordi, il n'avait attendu personne. Ce genre de chose se remarquait. Il était simplement resté assis là. Tous les jours des inconnus entraient dans le café. Des clients de passage. Des voisins qui ne fréquentaient pas l'Hibiskus d'ordinaire. Des habitués d'autres cafés qui venaient ici uniquement quand leur QG était plein. Mais c'était rare de voir des clients comme cet homme. Rien que la façon qu'il avait de se tenir sur sa chaise. Comme s'il n'était pas à son aise. Comme si c'était la première fois qu'il s'asseyait à une table de restaurant. Ça se sentait tout de suite quand les gens n'étaient pas habitués à commander un café. Et puis il n'avait pas cessé de fixer le sol. Que font les gens qui vont seuls au restaurant ? Ils observent le va-et-vient. Ça l'avait frappée que lui ne le fasse pas.

Pourtant elle l'aurait sûrement vite oublié. La mémoire ne s'embarrasse pas de gens qu'on ne voit qu'une fois dans sa vie. Sauf que cet homme, elle l'avait revu plus tard, qui traînait dans la rue.

D'abord, elle aurait pu douter que ce soit lui. Elle était en train d'apporter des assiettes à une table quand elle avait cru apercevoir sa haute silhouette devant la vitrine du café. Plus tard, alors qu'elle imprimait un ticket à la caisse, elle l'avait vu dans l'entrée d'un immeuble en face, en train d'allumer une cigarette. Il avait toujours ce regard vague et indifférent. Pleuvait-il déjà à ce moment-là ? Elle ne s'en souvenait pas.

Mais maintenant, elle faisait le lien. Kodjo. Pourquoi n'y avait-elle pas pensé plus tôt ? Elle finit de se changer et se dirigea vers la sortie. Dehors, la pluie tombait plus fort. Nulle trace de l'inconnu. Peut-être était-il parti ?

Elle appela Kodjo. « La personne que vous essayez de joindre n'est pas disponible, entendit-elle. Veuillez laisser un message ou rappeler ultérieurement. » Puis le bip.

« C'est moi. » Mais comme elle n'était pas sûre que Kodjo allait reconnaître immédiatement sa voix au téléphone, elle ajouta : « Marie. » Que pouvait-elle lui dire ? « Je ne veux pas t'inquiéter, mais il y a un type. Il rôde devant le café. Et il est même entré. Et je me suis dit… avec cette histoire chez Huff… c'est peut-être le même. Mais peut-être pas. Rappelle-moi. »

Après le bip final, elle appuya sur la touche de fin de communication et rangea le téléphone dans sa poche. Mais elle le rappela aussitôt. « Dès que tu entends ce message. »

Elle avait un devoir à terminer pour la fac. En psychologie. Et même si elle n'était pas d'humeur, elle rentra chez elle. Comment pouvait-elle aider Kodjo si elle ne savait pas où il était ?

## 5

« Il faut qu'on aille à Moabit.

— Pourquoi ? Je suis en congé.

— Pour l'Africain…

— Lui ? Il est à Moabit ?

— Mmm. Le chef pense que ce type savait exactement ce qu'il cherchait dans les bureaux du dixième étage. Il a dit que c'est un ancien employé de la société. Apparemment, il cherchait quelque chose de précis.

— Le salaud.

— Exactement. Et le chef dit qu'on n'a pas intérêt à foirer cette fois-ci.

— Qu'est-ce qu'on doit faire ?

— Je ne sais pas vraiment. Un des dirigeants de l'entreprise veut lui mettre une raclée.

— Moi aussi ça me dirait bien.

— Oui… Mais il faudra te tenir à carreau.

— Peut-être qu'une occasion se présentera.

— Oui, peut-être. Tu passes me prendre ? »

## 6

La petite valise était à lui, tout comme l'horrible sac de sport. Pendant un moment, Kodjo songea à les abandonner dans l'appartement. Mais même s'il n'aimait pas beaucoup le sac, l'idée de laisser quoi que ce soit chez Jeanette ne lui plaisait pas.

Leur relation avait été une erreur dès le départ. Il s'était laissé embarquer inconsidérément. Jeanette était gentille et expérimentée, elle lui avait offert un toit et par là même un peu de sécurité dans ce monde incertain. Au lit, ils s'étaient bien amusés, et même la perspective de passer quelques années à ses côtés ne lui aurait pas fait peur. En détachant un tee-shirt de l'étendoir, son regard tomba sur la photo que Jeanette avait mise sur la table de chevet.

En écharpe et bonnet verts, un peu trop tape-à-l'œil à son goût. Il avait fait cette photo pendant une excursion au bord de la mer Baltique. Ça avait été une belle journée. Ils ne se connaissaient pas depuis longtemps. Et Jeanette avait pris un air mystérieux en l'invitant à faire un voyage en terrain inconnu. « Un de mes endroits préférés. »

Ils avaient atterri sur une presqu'île, avec une plage immense. Le soleil brillait, mais il faisait quand même froid. Jeanette l'avait enlacé pendant la promenade, face au vent, comme si elle ne voulait plus le lâcher, et alors il avait su qu'elle avait le béguin pour lui. Ils avaient déjà couché ensemble à plusieurs reprises, mais rien n'avait été encore dit. Aucun de ces mots magiques, aucun des signaux qui indiquent que ça continuera demain et encore le jour d'après. Mais à ce moment-là, au bord de la plage, il avait senti que Jeanette lui exprimait quelque chose qu'il aurait été superflu d'énoncer à haute voix.

Kodjo retourna la photo et la posa à l'envers sur la table de chevet. Ça lui rappelait les pensées qui l'avaient occupé à l'époque. Il connaissait le métier de Jeanette. Il savait qu'elle faisait du courtage et qu'elle louait des appartements. Il savait aussi qu'elle était amoureuse et qu'il n'éprouverait jamais le même sentiment envers elle. Il avait sa part de responsabilité dans ce fiasco.

La petite valise était pleine désormais. Des vêtements et les quelques ustensiles qu'il avait achetés pour la cuisine. Il fourra aussi les vêtements d'hiver dans le sac de sport.

Les deux manteaux et la veste surpiquée. Puis les lourdes bottes offertes par Jeanette. Voilà. Tout était emballé. Il n'aurait plus besoin de revenir. Il promena encore une fois son regard autour de lui et ouvrit la porte donnant sur le couloir de l'immeuble. Puis il lâcha la valise et le sac et se dirigea vers la fenêtre. Dans le passage débouchant sur les entrées des immeubles, la pluie tombait sans relâche. Deux petits enfants barbotaient dans une flaque, enveloppés dans des vêtements imperméables. Kodjo chercha des yeux une personne qui surveillait les petits et la trouva rapidement. Un peu plus loin, un homme regardait les enfants d'un air las. Jean et blouson noir. Son implication émotionnelle frôlait le zéro. Peut-être était-il las de cette météo allemande. Ou alors pensait-il à toutes les choses plus intéressantes qu'il aurait pu faire au lieu de surveiller ces mômes. Peu importe. En se dirigeant vers la porte de l'appartement, Kodjo redressa la photo de Jeanette et ouvrit le petit tiroir en dessous. Il prit une poignée de capotes et les glissa dans son sac de sport.

Il fit tomber les clefs de l'appartement et de l'immeuble dans la boîte aux lettres puis il ouvrit la porte d'entrée. La pluie tombait encore plus fort, et il s'arrêta là, au sec. Un immeuble plus loin, une femme en parka Gore-Tex regardait les deux petits jouer et se salir en souriant.

Kodjo scruta le fond du passage, d'abord d'un côté, puis de l'autre. Le type maussade n'était plus là. Il cherchait sans doute un abri. Avec ce temps, c'était son droit le plus strict. Il tenta de se souvenir du visage du type.

Difficile.

Normal. Un visage blanc banal.

Peu importe. Il devait avancer. Kodjo coinça la valise sous son bras, puis il suspendit la bandoulière du sac de sport à son épaule. Se mit à courir. Il était mal équipé là-bas, sous les toits. Il n'avait même pas d'étendoir. Mieux valait atteindre Moabit relativement sec.

L'U7 arrivait à quai lorsqu'il descendit les marches de la gare de Rathaus Neukölln. Il se précipita et réussit à monter dans la voiture. Un homme monta un peu plus loin. Quand les portes se furent refermées, Kodjo le regarda discrètement. Était-ce le type de tout à l'heure, dans le passage ? Il n'en était pas sûr.

Il s'assit. En face de lui, un jeune, presque un enfant encore. Il portait un jean. Et une veste noire. Normal. Des vêtements comme des milliers de gens en portaient. Tout était parfaitement normal.

## 7

C'était réussi. Frank Michael Holzmacher s'observait dans le rétroviseur de son véhicule de fonction. Il n'avait aucun doute : le type qui le cherchait ne le reconnaîtrait pas. Ses cheveux étaient coupés ras, presque tondus. Avec sa tondeuse, réglée sur trois millimètres, ç'avait été une histoire de secondes. Son père allait sûrement lui en parler demain, au bureau. « Tu ressembles à un bagnard. » Il lui expliquerait qu'il était allé chez le coiffeur, mais qu'il avait fini par quitter la boutique en claquant la porte – outré par les tarifs exorbitants qu'on y pratiquait. Ça, le vieux comprendrait. Payer le juste prix pour les choses, sinon refuser, c'était dans ses cordes.

La barbe n'était pas encore très broussailleuse, pas plus longue que sa nouvelle coupe de cheveux. Mais elle modifiait assez nettement son apparence. Il avait laissé un ovale pileux autour de la bouche et du menton et avait soigneusement rasé le reste. Ce n'était pas comme ça qu'il s'aimait. Mais c'était provisoire. Il aurait aimé porter une barbe de hipster, comme celles des jeunes créatifs de Friedrichshain. Mais dans l'entreprise ça ne serait pas passé. Quelle était cette phrase que son père ne cessait de lui rabâcher ? « Tu représentes l'entreprise avec ton apparence autant qu'avec tes mots. » Heureusement que le vieux ne dirigerait pas la compagnie éternellement.

Il avait aussi retiré le brillant. Ça faisait longtemps qu'il voulait le faire. Il avait toujours eu un peu la flemme. Mais là, impossible de procrastiner. Personne ne l'avait remarqué cette nuit-là – tout au plus le type que les hommes qu'il payait pour ça étaient en train de chercher, et encore. Mais sa transformation était quand même une petite pierre dans son édifice stratégique afin de passer inaperçu à Moabit. Pour l'instant, il se trouvait suffisamment loin du lieu en question. Mais un appel suffirait, il était prêt à agir.

Holzmacher ne s'expliquait pas comment ce Noir avait fait pour remonter jusqu'à lui. Il était quasiment sûr que c'était le même que cette nuit-là. Qui d'autre ? Non, aucun doute, c'était forcément lui.

Ce type avait même réussi à trouver son adresse personnelle ! Alors qu'il n'avait laissé aucun indice dans ce sens. Pas même dans les dossiers que le type avait manifestement volés. Mon Dieu, le savon qu'il avait passé à ces deux débiles quand ils lui avaient avoué que la camionnette avait été volée ! Comment le Noir avait-il fait pour arriver là, dans la Storkower Straße ? Ça l'intéressait beaucoup. Il lui poserait la question et il faudrait bien qu'il lui réponde. Il le tabasserait, si c'était nécessaire. Et ensuite il le ferait disparaître. Pour qui se prenait-il ?

Holzmacher descendit se dégourdir les jambes. Alluma une cigarette. Inspira profondément. Ici, dans la Lehrter Straße, il était tout près de l'immeuble où s'était rendu le Noir que ses hommes avaient suivi. À côté de celui où vivait Mandy. Il avait appris son vrai prénom en lisant les journaux.

Dunya.

Dunya L. Dieu savait ce que signifiait le L. Pourquoi s'était-elle défendue ? C'était sa faute. Après tout, il l'avait payée pour qu'elle ne bouge pas. Et il l'avait bien payée.

Ce n'était pas la première fois qu'ils le faisaient. Bien sûr, elle n'avait jamais eu l'air très enthousiaste après. Mais tel avait toujours été leur accord : elle ne devait pas se défendre. Et il ne l'avait pas frappée si souvent que ça. Trois ou quatre fois grand maximum. Ce n'était que comme ça qu'il pouvait jouir. À une occasion, ça avait pris un peu plus de temps. Il avait dû frapper plus fort et plus longtemps. Mais quand elle avait commencé à saigner du nez, il avait eu l'orgasme le plus incroyable de toute sa vie. Le pied !

Pendant la dernière nuit avec Mandy il avait joui aussi… Mais à quel prix ! Et qu'avait vu le Noir ? Avait-il simplement été au mauvais endroit au mauvais moment ? Et pourquoi détenait-il les clefs de l'immeuble vide ? Il se demandait aussi ce que la police avait contre lui. Sûrement quelques empreintes sur la rambarde de l'escalier. Mais il était probable qu'ils ne connaissaient pas son identité. C'était ce qu'ils prétendaient en tout cas.

Alors qu'il regardait le bout de la Perleberger Straße, son téléphone sonna. Il décrocha : « Oui.

— Il vient de descendre à Birkenstraße. Il ne va pas tarder à arriver à l'immeuble.

— Suivez-le, ordonna Holzmacher. Et une fois qu'il est à l'intérieur, il n'en ressort pas. Compris ? Une fois qu'il est à l'intérieur, vous m'appelez.

— Compris. »

Holzmacher se mit à faire les cent pas. La tension était presque insoutenable. Dans un instant, il lui réglerait son compte. Heureusement que les gars de Sec Tech ne savaient pas de quoi il retournait vraiment.

# 8

En se contemplant dans la vitrine de l'épicerie de nuit, Klaus Schmitt semblait satisfait de ce qu'elle réfléchissait. Il avait presque soixante ans, mais on ne lui en donnait pas plus de cinquante. Les rides du visage n'étaient pas trop profondes, les cheveux drus pas encore trop gris, et il avait conservé sa ligne de jeune homme, seule la moustache faisait un peu vieux jeu, d'autant qu'elle cachait sa lèvre supérieure. Il devait vraiment tenter autre chose. Mais, après tout, il la portait depuis plus de trente ans. N'empêche… Il fallait qu'il s'inspire un peu des hommes qui avaient vingt ans de moins que lui. Avec une barbe, il aurait peut-être de meilleures chances de séduire les femmes.

La veste légèrement rembourrée lui plaisait. Sec Tech avait fourni ce nouvel équipement quelques mois plus tôt. Elle présentait bien.

Il présentait bien. Aux épaules, la veste était un peu plus large. Ça donnait l'impression qu'il fréquentait la salle de muscu depuis des années. Pendant quelques secondes, il retint l'air dans sa poitrine, puis il sentit des tapes vigoureuses dans le dos.

« Il va arriver », dit Mirko.

Mirko et le nouveau dont il avait encore oublié le nom se postèrent à côté de lui.

« Vous êtes les types de la camionnette volée, non ? » demanda le nouveau. Ni Schmitt ni Mirko ne répondirent, alors il leva les mains en signe d'apaisement et ajouta : « C'est bon. Ça aurait pu arriver à n'importe qui. C'est quoi, le plan ? »

Mirko regarda Schmitt. « Eh bien… Quand l'Africain sera entré dans l'immeuble, on appelle je ne sais plus qui de la société de construction. Ce type débarque et puis… aucune idée.

— On peut entrer avec lui, fit Mirko.

— Un ordre, c'est un ordre, rétorqua Schmitt. Le voilà. Planquons-nous. »

Schmitt regarda la porte de l'immeuble se refermer. « J'appelle le chef. »

## 9

Après être descendu à Birkenstraße, Kodjo attendit que le quai se vide. Il ne vit aucune trace du type en jean et blouson noir, il s'était mis martel en tête pour rien. Lentement, il monta les marches jusqu'à la sortie. Arrivé en haut, il regarda encore une fois dans toutes les directions avant de continuer. Personne ne le suivait.

Le téléphone lui signala l'arrivée d'un SMS. Marie avait essayé de le joindre. Il écouta le message.

Il s'arrêta brièvement devant son immeuble. La nuit était tombée et la pluie avait renforcé son emprise sur Berlin.

Il pénétra dans l'immeuble et tandis qu'il montait les marches, il sentit la fatigue s'abattre sur lui. S'allonger et dormir... Juste quelques minutes.

Toutes les fenêtres de l'immeuble en face étaient éclairées. Derrière l'une d'elles, au premier étage, il voyait la jeune femme qu'il avait croisée cette nuit-là. Elle était assise à une table. Face à elle, un homme du même âge. Ils avaient quelques années de moins que lui. Il y avait à manger sur la table, deux casseroles. Du vin. Ils parlaient. Trinquaient. Ils se connaissaient bien. L'appartement de Dunya L. était le seul dans le noir. Il sortit son téléphone et appela Marie.

« Où es-tu ? demanda-t-elle.

— Moabit.

— Encore ?

— Jeanette m'a mis à la porte. »

Marie ne dit rien pendant quelques secondes. « Pourquoi ?

— Je peux t'expliquer plus tard ?

— Pas de problème.

— C'est quoi cette histoire avec ce type que tu as vu au café ? »

Marie raconta ce qui s'était passé l'après-midi, et Kodjo lui promit d'être prudent.

« De rester prudent, dit Marie.

— Oui, de le rester. Je te rappelle demain. »

Kodjo sortit les vêtements de ses sacs et les posa sur le matelas. Puis il inspecta le frigo. Il savait déjà qu'il était vide, pourtant il fixa l'intérieur pendant quelques secondes. Puis il redescendit. Il lui fallait quelque chose à manger et une bière ou deux. Un chat miaulait dans la cour. Il s'arrêta sur le pas de la porte du bâtiment côté rue et tenta de le repérer. Il était tout proche, mais il se cachait bien. L'animal miaula encore une fois, puis plus rien. Kodjo vit son ombre filer dans la cour.

Qu'allait-il acheter ? De la bière bien sûr. Du pain. Une viande rôtie. Il n'avait pas souvent mangé à Moabit. Il apportait toujours ce qu'il fallait. Peut-être trouverait-il un kebab. Sûrement en direction de la gare centrale. Il avait déjà mis la main sur la poignée de la porte d'entrée. Ou bien devrait-il plutôt aller se coucher ? Économiser son énergie ? Ça n'avait jamais fait de mal à personne de se coucher le ventre vide. Il hésita un instant avant d'ouvrir la porte.

Le coup le prit au dépourvu. Il le propulsa en arrière dans le couloir. Si Kodjo ne tomba pas, ce fut seulement parce qu'il s'agrippait à la poignée.

Deux hommes essayaient simultanément de pénétrer dans le couloir. Ils se gênaient. Kodjo n'était pas en mesure de réfléchir. Sa tête grondait, son épaule était douloureuse. Mais, instinctivement, il savait qu'il devait refermer la porte au plus vite. Il se redressa en tirant sur la poignée alors que les deux hommes étaient encore coincés dans l'encadrement. Puis il s'appuya contre le battant. Les hommes de l'autre côté avaient fini par comprendre et poussèrent à leur tour. Kodjo vit qu'un troisième avait rejoint les deux premiers. La pression augmenta.

Il avait un avantage : le sol était sec à l'intérieur du couloir. Un des trois hommes, de l'autre côté, glissa et Kodjo gagna quelques millimètres. Il tenta d'augmenter la pression et gagna encore quelques millimètres. Qui étaient ces types ?

D'abord la porte, ensuite réfléchir. Kodjo cala un pied devant pour la stopper. Côté rue, un profond grognement se fit entendre. Une main se glissa dans le cadre. Les trois hommes poussèrent encore un peu plus, la main était toujours dans le cadre. Kodjo flaira sa chance.

Il maintenait toujours le battant avec son pied. Il prit autant d'élan que possible pour le pousser. La main se retrouva coincée entre la porte et le cadre. Un cri retentit et la masse des corps de l'autre côté recula. Kodjo en profita pour pousser complètement la porte et la fermer à clef.

## 10

« Messieurs, merci pour l'invitation… » Deniz Ortaç se tenait devant la table de bistro et finissait son coca.

Il y eut des mots rapides pour lui, quelques personnes ricanaient, certaines avec pitié. Seul Wladi l'observait, l'air grave : « Pauvre bougre. Aucune prime, quel que soit son montant, ne me convaincrait de conduire la nuit.

— Laisse tomber. Je suis bien content. Tu le sais. Alors… à plus. » Deniz frappa trois fois sur la table en bois et quitta le bistro. Il n'était pas aussi content qu'il le prétendait, surtout en voyant les autres conducteurs boire des coups dans leur bar préféré alors que ça lui était interdit. Mais il avait pris la bonne décision en acceptant le service de nuit. En dehors des avantages en termes de disponibilité pour sa famille et de rémunération, c'était aussi un bon moyen pour arrêter de boire. Mais ça, il ne l'avouerait jamais devant ses collègues. Ça ne lui coûtait pas de ne pas boire quand il savait qu'il devait travailler la nuit. En tout cas, c'était plus facile que les soirs où il pouvait aller se coucher comme tous les autres. Pour lui, le service de nuit était un peu comme un sevrage. Enfin… un mini-sevrage. Parfois il se donnait le droit à son petit verre.

Comme il était arrivé beaucoup trop tôt au dépôt, il alla chercher son thermos de café fort et le but dans la salle de réunion. Il aimait ces instants de transition. Quand ce n'était ni le soir ni la nuit. Quand il n'était ni en pause ni encore sur le siège conducteur.

Deniz prit son téléphone et enfonça l'oreillette. Il chercha les Red Hot Chili Peppers. Encore le temps d'écouter pile trois fois *Californication*. Il monta le son.

## 11

De l'autre côté de la porte, les cris redoublèrent. Une manifestation de douleur. L'un des trois hommes souffrait. Les deux autres assenaient des coups de poing et de pied à la porte. Le couloir spacieux de l'immeuble fut empli d'un grondement sourd causé par les plaques métalliques fixées sur le battant. Mais qui étaient ces types ?

L'écho des coups semblait hypnotiser Kodjo. La porte renforcée avait l'air de tenir. Elle n'était pas près de céder. Il essaya de se rappeler leurs visages. En vain. Leur corpulence. Étaient-ils grands ou petits, musclés ou minces ? Le combat pour chaque centimètre gagné l'avait totalement accaparé.

Son cœur battait fort. Il n'avait pas pu se sécher convenablement après la pluie et maintenant, en plus, il était couvert de sueur.

Les chocs s'étaient faits plus assourdis et finirent par s'interrompre. Kodjo entendait les trois hommes parler. Il s'approcha de la porte. Il arrivait à distinguer deux voix sans les comprendre vraiment.

« Si tu ne fais pas… », entendit-il. Apparemment, ils n'étaient pas d'accord.

« Plus de pression… »

« … va nous échapper… »

Puis il n'y eut plus qu'une bouillie vocale incompréhensible. Ils parlaient tous en même temps. Ensuite il entendit très distinctement une voix s'exclamer : « Une chose est sûre : il ne sortira pas d'ici ! »

Il n'y avait même pas pensé. Il n'y avait pas d'autre sortie. Lentement, il traversa le couloir et ouvrit la porte qui donnait sur l'arrière-cour. La pluie était forte et persistante. Son rythme cardiaque ralentit et redevint plus régulier. Kodjo respira encore un bon coup. *Sois méthodique. Qui sont ces types ?*

Première possibilité : c'étaient des flics. Qu'est-ce qui pouvait étayer cette hypothèse ? Rien, en fait. Les flics étaient toujours plus nombreux que ce qu'on croyait. Et quand on espérait les avoir semés, il y en avait toujours d'autres pour surgir de nulle part. Ils auraient sans aucun doute prévu des renforts. Ils n'essaieraient pas de pénétrer dans un immeuble sécurisé sans réfléchir à un plan B. Peut-être qu'il surestimait la police, qu'il la respectait trop, mais, quoi qu'il en soit, elle aurait au moins fait une chose : elle se serait fait reconnaître.

« Police ! Ouvrez la porte. » C'était la procédure.

Si ce n'étaient pas des policiers, alors qui était-ce ?

Kodjo sentit un vent froid dans le couloir. Les hommes qui le poursuivaient depuis son incursion dans la Terrassenstraße. N'avait-il pas réussi à s'en débarrasser chez Huff en passant par-derrière ? Il n'avait pas d'autre hypothèse. Ça devait être des employés de Sec Tech. Ce qui expliquerait pourquoi ils n'étaient pas aussi nombreux que des flics. De plus, la B B Bau était mêlée à tout ça, car c'était là-bas qu'il les avait croisés la première fois. Holzmacher était donc dans le coup lui aussi.

Kodjo tendit la main sous la pluie et reçut quelques gouttes dans sa paume. Il se passa la main sur le visage. Recommença. Il fallait garder la tête froide.

Il devait le reconnaître : il se retrouvait dans la situation qu'il avait voulu à tout prix éviter. Il était devenu un fugitif.

Que fait-on quand on est en cavale ?

On court.

On s'échappe.

D'abord il lui fallait d'autres vêtements. Kodjo remonta jusqu'à sa piaule et se déshabilla. À la place du jean bleu, il en enfila un noir. Il échangea son tee-shirt rouge contre le bleu avec l'emblème du Hertha BSC. *Non*, se dit-il, *ce n'est pas une bonne idée, j'aurais déjà dû m'en débarrasser depuis un bail.* Il choisit une chemise grise à manches courtes. Par-dessus, il mit un blouson à capuche. Et, finalement, les chaussures de sport. Il serra bien les lacets et fit même des doubles nœuds afin qu'ils ne se défassent pas au mauvais moment. Après quoi, il se regarda et hocha la tête. Ça pouvait aller. Surtout s'il mettait la capuche.

Maintenant il lui fallait un plan.

Au fond, il en avait déjà un. Sortir par l'arrière et rejoindre l'immeuble où avait eu lieu le meurtre. D'ici, c'était le seul bâtiment qu'il pouvait atteindre. Le seul moyen d'éviter les types de l'autre côté de la porte qui donnait sur la rue. Mais il lui fallait un plan à l'intérieur du plan. Comment atteindre l'arrière de l'immeuble ? Le rez-de-chaussée était complètement muré.

Kodjo monta au premier étage et ouvrit une fenêtre. La gouttière se trouvait juste à côté. Bon, c'était plus simple que ce qu'il avait supposé. De nombreuses fenêtres en face étaient encore éclairées. Mais qui le verrait ? Premièrement, il n'était pas si facile de distinguer des choses ou des gens dans l'obscurité quand on était en pleine lumière et, deuxièmement, il n'y avait pas grand-chose d'intéressant à voir sur le mur d'un immeuble vide. Qui s'astreindrait à une telle observation ? De toute façon, il n'avait pas le choix. La fenêtre où il avait vu la blonde et son client était éteinte.

Lentement, il monta sur le rebord de la fenêtre. Surtout ne pas glisser. Les deux mains sur le tuyau mouillé par la pluie. Un petit élan et il se retrouva les deux pieds sur un collier qui reliait le tuyau au mur. Prudemment, il se laissa glisser et, quand il ne resta plus qu'un mètre jusqu'au sol, il sauta. Jusqu'ici ça avait été simple. Le mur donnant sur la cour avoisinante était aussi haut que lui. Pas difficile de trouver un appui où poser ses pieds et de passer de l'autre côté. Il atteignit rapidement la cour de l'immeuble de Dunya L.

La porte de cet immeuble était le prochain obstacle. Si elle était fermée à clef, il serait coincé. Mais qui appliquait scrupuleusement toutes les clauses du contrat de location ? « La porte de la cour doit être verrouillée à partir de vingt heures. »

Kodjo appuya sur la poignée et tira. Personne n'appliquait scrupuleusement les règles. Il poussa un soupir de soulagement.

Dans le hall, il sonda d'abord les ténèbres. Il était encore tôt et il voulait éviter d'y croiser quelqu'un. Tout était calme. Monter quelques marches, après quoi il pourrait voir la porte d'entrée. Devant laquelle il avait croisé le meurtrier.

Toujours aucun bruit. Il tira la capuche sur son visage et se dirigea vers l'entrée. Un homme apparut. Kodjo venait d'attraper la poignée. L'homme avait une clef à la main et s'apprêtait à ouvrir la porte, lorsqu'il l'aperçut à travers la vitre encastrée dans le bois. Il se figea en plein mouvement.

Kodjo eut le sentiment que le type jetait brièvement un œil en arrière. Rien qu'un tressaillement dans les épaules.

Puis il enfonça la clef dans la serrure. Kodjo l'entendit distinctement dans le silence de l'immeuble. En même temps, il appuya sur la poignée. Juste sortir. *Je suis juste un type qui veut quitter l'immeuble.* Kodjo hocha brièvement la tête, tandis que l'homme à la clef s'écartait de quelques centimètres pour le laisser passer, sans lui rendre son salut.

Derrière lui apparut une femme. Kodjo comprit avec un temps de retard que c'était celle du premier étage. Trop tard. Elle ne portait pas les mêmes vêtements que cette nuit-là. Pourtant il l'avait reconnue.

Plus grave : elle aussi le reconnut. Elle s'arrêta, se figea. Kodjo était encore à la hauteur de l'homme.

Puis la femme cria.

L'homme aux clefs se mit en mouvement. Kodjo sentit sa main dans son dos.

La femme cria à nouveau. Beaucoup plus fort que la première fois.

L'homme attrapa l'épaule de Kodjo, qui se dégagea. Il tenta de le saisir encore une fois. Kodjo frappa son bras.

La femme du premier étage s'écria : « C'est lui ! »

Alors que Kodjo se mettait à courir, l'homme, dans son dos, tenta d'attraper son blouson. Ses doigts firent obstacle, le retenant une seconde. Mais Kodjo était trop déterminé. Très vite, il détala.

« À l'aide ! cria la femme.

— Arrêtez ! » cria l'homme.

Kodjo l'entendit qui commençait à courir.

Plus loin une autre voix se mit à crier : « Il est là ! » Avant qu'il puisse l'identifier, il avait tourné à l'angle de la rue.

# 12

Quand Marie ouvrit la porte de l'appartement, Anna se trouvait dans la cuisine. « Des pâtes, lança-t-elle.

— Cette connasse a foutu Kodjo à la porte, dit Marie.

— Il faut s'en réjouir. » Anna remuait une sauce rouge. « Leur couple n'était pas très bien assorti.

— Elle l'a foutu à la porte ! Il n'a plus d'appartement !

— Ah, pardon, je ne pensais qu'à la relation. Tu veux qu'on l'héberge ? » demanda Anna avec un petit sourire.

Marie s'étendit sur le petit canapé du salon. « Il n'y a pas beaucoup de place, je sais. Et ne souris pas comme ça. Il n'y a rien entre nous. Ça te dérangerait ? Pour quelques jours ? lança-t-elle vers la cuisine.

— Pour quelques jours, ça me va. Il vient quand ?

— Je ne le lui ai pas encore proposé. Il est retourné à Moabit. Dans cet immeuble…

— Mauvaise idée. » Anna posa la sauce sur la table et revint avec des assiettes et des couverts. Puis elle égoutta les pâtes et les apporta à table. « C'est prêt. »

Une fois qu'Anna et Marie furent installées, le téléphone de Marie sonna. C'était Kodjo.

« Quoi de neuf ? » demanda-t-elle. Mais l'appel fut interrompu.

Elle tenta de rappeler. Kodjo ne décrocha pas.

Elle resta assise quelques secondes, la tête appuyée dans ses mains, puis se leva.

« Je vais à Moabit. »

# 13

Après la bifurcation, il prit conscience que sa fuite n'était pas que théorique. Il courait. Il se sauvait. Mais il ne savait pas où aller.

*Concentre-toi, Kodjo !*

*Qu'es-tu en train de faire ?*

*Tu cours.*

*Pour aller où ?*

*Aucune idée.*

*Mais tu voudrais aller où ?*

*Peu importe. Le principal, c'est de semer ceux qui me poursuivent.*

*Qui te poursuit ?*

*Le mec de la blonde qui t'a reconnu cette nuit-là.*

*Et qui d'autre ?*

*Il y a aussi ces types.*

*Donc, je répète : où veux-tu aller ?*

*Loin de tous ces gens. Peu importe où.*

*Ce n'est pas un plan.*

*Ai-je besoin d'un plan ?*

*Sans plan tu es foutu.*

*Alors où est-ce que je veux aller ?*

Inconsciemment il s'était dirigé vers la station de métro de Birkenstraße. Était-ce une bonne idée ? Était-ce l'échappatoire ?

Il était déjà sur les marches, il volait presque. Trois marches, parfois quatre en une seule foulée. Ce ne fut qu'en arrivant en bas qu'il aperçut le type au blouson noir. Il avait le visage tourné vers les voies allant vers le nord et fixait l'écran de son téléphone. Kodjo se cacha derrière le distributeur de tickets. Sortit son propre téléphone.

Le numéro de Marie.

La touche verte.

À ce moment, il aperçut quelqu'un qui descendait les marches qu'il venait de dévaler. Il fourra son téléphone dans son pantalon et se cacha dans l'ombre de l'escalier.

« Hey ! » lança l'homme depuis les marches. S'adressait-il à lui ? Ou au type en blouson noir ?

Celui-ci se réveilla d'un seul coup et se tourna. Quand les deux hommes se retrouvèrent, Kodjo était déjà en train de remonter les marches en courant. Il entendit son téléphone sonner.

*Continue de courir. Déguerpis.*

Trois marches en même temps. Garder le rythme. Veiller à ne pas tomber. L'entresol. Encore une fois trois marches par foulée. Surtout ne pas trébucher. Il lui sembla déjà sentir la pluie sur son visage. Encore un bond, deux foulées plus courtes de deux marches. Et il se dépêcha de traverser la rue avant de continuer à un rythme plus mesuré.

## 14

Quelle merde. Ils l'avaient enfermé dans l'immeuble et il avait quand même réussi à se tirer. Ça, il fallait le lui accorder, il avait de la ressource.

Schmitt se trouvait à l'intersection et faisait le guet. Il venait d'apprendre que l'Africain s'était réfugié dans la station de métro. Mais c'était pour cette raison qu'ils étaient six. Cinq en fait, car le nouveau avait été emmené à l'hôpital. Pour faire soigner sa main.

Mirko rôdait un peu plus loin, vers la bibliothèque. Il était sûrement aussi nerveux que l'Africain. Et peut-être qu'il aurait la chance de tomber sur lui. Dans ce cas, il n'aimerait pas être dans la peau du type. Ha ha, il se rendit compte qu'il venait de faire une blague. Mais même s'il n'avait rien fait, il n'aimerait pas être dans sa peau.

Schmitt savait être patient quand il le fallait. Les fugitifs finissent toujours par se comporter bizarrement. Ils courent et se font remarquer. Ils poussent les enfants et les vieux sur le trottoir. Ils traversent la rue sans regarder. Et puis… ces types-là ne savent pas ce que sont les règles. Ça n'existe pas, là d'où ils viennent.

Il pivota sur lui-même. En effet, le type était juste là. Il courait, et il courait sacrément vite. Schmitt se lança à sa poursuite.

## 15

Kodjo ne savait toujours pas où se mettre à l'abri. Réfléchir. Où aller ? S'il répondait à cette question, tous ses actes seraient beaucoup plus déterminés. Et quoi qu'il choisisse, il ne devait surtout pas revenir en arrière.

Il tourna à droite et peu après encore à droite. Non pas qu'il connaisse le quartier. Il accéléra. Il se retourna rapidement. Personne. Il accéléra encore un peu. Au loin, il avisa un grand pont. Il devina plus qu'il ne sut qu'il y aurait une station de métro de l'autre côté. Il devait emprunter le pont et traverser la rivière. Ou le canal.

Il entendit des pas derrière lui. Une femme s'approchait à vive allure en face de lui. Elle avait les yeux fixés au sol et tenait un sac au-dessus de ses cheveux. Ralentir, juste un instant. Il n'était pas sûr qu'elle le remarque vraiment. Il se fit discret et ils se croisèrent. Il se retourna. Dans l'ombre d'un immeuble, la silhouette de quelqu'un qui le suivait. Il s'arrêta et se cacha derrière une voiture au bord du trottoir.

Les pas approchaient. Forts et bruyants. Pas des baskets.

Des mots se mélangeaient au bruit des foulées. « … plus du tout… » L'homme était complètement essoufflé. « … ne le vois plus… », « … j'sais pas… », « … pas à l'instant… ».

Il poussa un râle lorsque Kodjo lui fit un croche-pied. Et tomba raide comme une planche. Sa tête heurta le capot de la voiture. Le téléphone tomba sur le trottoir. « Ouh… ! » s'exclama l'homme avant de porter sa main à la tête, puis il s'effondra.

Kodjo le regarda pendant une seconde, ramassa le téléphone et le jeta derrière une clôture qui séparait le trottoir d'un parking. Il s'accroupit de nouveau. La cicatrice. Il reconnut le visage dans la faible lueur du lampadaire. C'était ce type qui lui avait fait si peur. Le plus cruel des deux employés de Sec Tech qui l'avaient brutalisé dans les bureaux de B B Bau. Pendant un instant, il songea à balancer des coups de pied dans les côtes de l'homme blessé, pour se venger, mais il ne voulait pas gaspiller ses forces. Physiques autant qu'émotionnelles.

*Continue, Kodjo.*

Peut-être qu'il avait réussi. Il avait semé son dernier poursuivant. Enfin, il pourrait réfléchir à ce qu'il allait faire. Où irait-il ? Il marchait d'un bon pas. Peut-être qu'il monterait bientôt dans un métro. Peu importait la direction. À cet endroit, ce serait la ligne circulaire. Et une fois qu'il serait dans une rame et qu'il pourrait se détendre, il choisirait l'endroit à atteindre pour se considérer à l'abri.

Il ralentit un peu. Il avait presque atteint le pont. Il devait y avoir un escalier quelque part, qui lui permettrait d'y monter. Là-bas, il y avait Moabit, c'est de là qu'il était parti. Et quand il aurait traversé le pont, il serait à… Comment savoir ? Reinickendorf ? Wedding ? Voilà les marches. *Monte !* Il s'arrêta au milieu. La rue qu'il venait d'emprunter était déserte. Il ne voyait pas encore la chaussée sur le pont, alors, prudemment, il monta quelques marches supplémentaires pour regarder par-dessus la rambarde. Le trafic était encore dense, quelle heure pouvait-il être ? Déjà minuit.

Désormais, il se trouvait sur le trottoir à côté de la quatre-voies. Il se remit à courir, mais de façon contrôlée.

Histoire d'avoir l'air de quelqu'un qui veut échapper à la pluie. Pas comme quelqu'un qui panique, en fuite devant on ne sait quels agents de sécurité devenus fous. Il aperçut la station du métro. Un grand S et un grand U brillaient de tous leurs feux. Il les voyait de loin. Il n'y avait pas beaucoup de monde. Est-ce qu'à cette heure-ci les S-Bahn passaient quand même toutes les dix ou quinze minutes ? Près de l'escalier menant au quai, il se retourna encore une fois. La voie était libre.

Ou pas ? Juste en face, un type s'approchait en courant, téléphone à l'oreille. Il portait un jean et un blouson noir. L'homme regarda derrière lui et fit signe à quelqu'un. Puis il accéléra le rythme de sa course. Kodjo estima le nombre de secondes qui les séparait. Si le métro arrivait tout de suite après qu'il aurait atteint le quai, il leur échapperait. Mais s'il lui fallait attendre ne serait-ce que deux minutes… les choses seraient bien différentes. Si le type au blouson était seul, il pourrait s'enfuir sans difficulté par l'une des multiples sorties. Mais s'il y en avait trois ou quatre de plus, il était foutu.

*Décide-toi !*

*Maintenant !*

Kodjo reprit sa course. *Ne sois pas idiot. Tout droit.* Descendre du pont. Quelque part… plus loin, là-bas, il y aurait une autre station de métro. Il courut plus vite. Encore plus vite. C'était son avantage. En courant, il pouvait leur échapper. Il donnait tout ce qu'il avait. Il sentait l'épuisement, mais aussi que son corps avait encore beaucoup de ressources. Il en utilisa un peu plus. Allongea la foulée, augmenta la fréquence.

À gauche, une clinique ; à droite, un quartier résidentiel. Ce n'était pas si loin. Le U se rapprochait.

Ses mollets lui faisaient mal. Il courait vite, mais pas sans effort.

Il les avait sans doute semés. Enfin.

Alors qu'il était en train d'évaluer la situation – comment monter les marches, ses chaussures étaient-elles trop mouillées pour grimper quatre marches à la fois, ou ses muscles trop fatigués –, une voiture freina brutalement de l'autre côté de la rue. Pendant un instant, il perdit le rythme. Regarda sur le côté. Deux types sautèrent de la voiture de Sec Tech. En uniforme tous les deux. Kodjo se précipita dans l'escalier et atteignit le niveau intermédiaire de la station, avant que l'un des deux hommes n'eût atteint ne serait-ce que la première marche. Le bruit familier d'un train à l'approche retentit dans ses oreilles. *Avance.* Quelques secondes plus tard, il se trouvait dans le métro qui rejoignait le centre. Kodjo eut tout juste le temps de voir les types de Sec Tech arriver sur le quai.

## 16

*C'est étonnamment peu animé*, songea Deniz Ortaç alors qu'il roulait sur la route du Hackescher Markt vers Wedding et Märkisches Viertel. *Ça ne va pas tarder.* Dans cette ville, il ne s'écoulait pas une nuit sans que les gens dansent et picolent. Et quand on dansait et picolait, tôt ou tard, il fallait rentrer chez soi. Ça, c'était son boulot. Ramener les gens à la maison en toute sécurité.

Combien de fois ne lui avait-on pas demandé pourquoi les métros ne circulaient pas toute la nuit. Les voisins lui posaient la question, des gens qu'il rencontrait en vacances, la famille, tous mettaient ça sur la table à un moment ou un autre. Oui, pourquoi en fait ? Une raison importante était que ça soulageait l'infrastructure. En journée, quand tout était bouché, les sous-sols étaient le meilleur moyen pour traverser la ville. La nuit on pouvait aisément circuler dans les rues.

Dans l'Osloer Straße une femme monta, elle eut besoin de ses deux mains pour hisser le reste de son jeune corps à bord du bus. Elle était là, devant lui, visiblement incapable de prononcer le moindre mot. Puis elle finit par demander : « Aé vou auï à Reidoof ? »

Deniz hocha la tête. Elle voulait aller à la mairie de Reinickendorf, et il pouvait l'aider. Il était là pour ça. Il aurait dû lui demander son ticket, c'était les ordres de la hiérarchie. À la place, il lui fit un sourire engageant quand elle se dirigea vers le fond. Qu'est-ce qu'elle aurait pu lui répondre ? Aurait-elle été capable de trouver son porte-monnaie dans cet état ? Sans déverser le contenu de son sac devant lui ? Les ordres d'en haut exigeaient aussi de faire preuve de discernement. Et cette jeune femme devait clairement rentrer chez elle. En tout cas quelque part où elle pourrait dormir tout son soûl. Il attendit qu'elle se soit assise avant de repartir. C'était plus simple de contrôler les gens dans des bus. Les unités étaient plus petites que les trams, il y avait moins de sièges à nettoyer, et si un usager était vraiment dans un sale état, on le faisait tout simplement descendre. Il s'agissait de l'espace urbain commun. Une personne ivre morte sur un quai, c'était tout à fait autre chose. Il fallait s'en occuper.

Dans la Lindauer Allee resurgirent brièvement les images d'une nuit quelques semaines plus tôt. Deniz arriverait-il un jour à s'en défaire ? Ces plaisantins qui avaient fait rouler le landau sur la chaussée. Et en plus ils s'en étaient tirés à bon compte. Il avait freiné, bien sûr. Heureusement qu'il n'y avait eu que trois voyageurs à bord du bus. L'un d'eux s'était tout de même blessé à la tête. Par chance ce n'était rien de grave. Le landau était vide. Évidemment qu'il était vide ! La nuit les bébés dorment dans leurs lits. Mais qu'aurait-il pu faire d'autre sinon freiner ? Si jamais un jour il mettait la main sur ces branleurs…

D'autres arguments plaidaient pour les bus de nuit. Ils revenaient moins cher à exploiter. Ils faisaient bonne impression, donnaient l'image d'une métropole en mouvement – c'est en tout cas ce qu'avait dit un de ces types hyperzélés lors d'un stage –, et…

« Fauquj'pisse… » La jeune femme se trouvait juste derrière lui. Il la voyait dans le rétro. Son regard était flou, mais ce qu'elle disait on ne peut plus clair. Les bus de nuit étaient tous en piteux état après le service, mais aucun conducteur n'aimait les rapporter au dépôt souillés d'urine. Deniz attendit le prochain arrêt et stoppa prudemment le bus.

« Je ne peux pas vous attendre », dit-il.

Lorsque la femme fut descendue et que deux autres furent montées, il repartit. Le respect des horaires n'était pas la seule raison pour ne pas attendre. Il avait bien vu les regards de quelques passagers masculins qui attendaient avidement que la femme ivre baisse son pantalon. Il n'était pas censé leur offrir ce genre de spectacle. Ce n'était pas inclus dans le prix du ticket.

## 17

Kodjo scrutait le quai de la station de Birkenstraße quand la rame de l'U9 apparut. Ses poursuivants semblaient n'être en vue nulle part. Mais le quai était relativement plein. Il ne restait plus beaucoup de temps avant que le service des métros s'arrête. Bientôt les bus de nuit allaient prendre le relais. Pour l'heure, il voulait mettre autant de distance que possible entre lui et ces employés de Sec Tech.

Comment atteindre au plus vite le quartier de Neukölln et l'appartement de Marie et d'Anna ? Ça lui semblait être l'endroit le plus sûr. De toute façon, il devait changer de métro. À Zoo, ça aurait été pratique, c'était une grande station avec de nombreuses correspondances, difficile d'en avoir une vue d'ensemble même le soir. Là il aurait été certain de semer ces types une bonne fois pour toutes. Mais pour les Africains c'était particulièrement difficile là-bas. Il y avait beaucoup de flics et leurs contrôles arbitraires se faisaient au faciès.

Alors plutôt la station de Kurfürstendamm, et ensuite prendre l'U1 jusqu'à Görlitzer Bahnhof.

De nombreux passagers montèrent à Birkenstraße. C'était la voiture-balai. Celui qui voulait rentrer chez lui par ce moyen de transport ne devait pas manquer l'heure du dernier métro. La voiture se remplissait. La plupart des gens étaient plus jeunes que lui. Sauf un type qui ressemblait à un cow-boy. Il portait un chapeau à large bord et une barbe grise ; il ne tenait pas la barre quand le métro démarra. Deux filles, sans doute mineures, à côté de lui avaient des pupilles carrées après avoir absorbé on ne sait quelle substance illicite, elles avaient l'air vachement heureuses. L'une chuchota à l'oreille de l'autre en gloussant. L'autre eut alors un rictus voluptueux. Kodjo n'était pas à l'aise au milieu de tous ces gens qu'il n'arrivait pas à évaluer. Au moins s'éloignait-il de Moabit. À Zoo, la plupart allaient descendre mais d'autres, tout aussi nombreux, monteraient. Ils arrivèrent à quai. Le cow-boy descendit de la voiture, les deux filles restèrent. Ils étaient tout de même moins serrés.

La plupart des voyageurs étaient des hommes, de son âge ou à peu près. Un groupe parlait d'un concert, sans doute du rock indépendant. Un type solitaire vêtu d'une veste en jean noir délavé et d'un chino gris ne donnait pas l'impression de pouvoir se payer un billet pour un concert. Il fixait le sol. À côté de lui un quadra en costume semblait avoir choisi d'utiliser les transports en commun par conviction politique. Le métro venait de partir et roulait depuis environ dix secondes quand le type avec la veste en jean leva les yeux et bredouilla : « Contrôle des tickets. »

*Merde. Il ne manquait plus que ça.* Bien sûr, Kodjo n'avait pas pris de ticket quand il avait sauté dans le métro à Moabit.

Immédiatement, la masse indolente se mit en mouvement. Les deux filles se glissèrent comme des poissons dans l'espace entre les sièges, tandis que les mecs du concert commençaient à chercher leurs tickets. Kodjo suivit les filles, mais jamais il ne pourrait se faire aussi invisible qu'elles. Il était toujours le premier que les contrôleurs remarquaient. C'était pile le contraire d'un contrôle au Ghana : là-bas, les contrôleurs partaient toujours du principe que chaque Blanc avait un ticket, et ici ils pensaient qu'aucun Noir n'en avait jamais. Pourquoi fallait-il que ça arrive précisément maintenant ?

Le type avec la veste en jean était encore occupé. Les spectateurs du concert rock avaient de toute évidence du mal à se rappeler où ils avaient rangé leurs tickets. Le type en costume brandissait démonstrativement le sien et cherchait en même temps quelque chose sur l'écran de son portable. Les mouvements dans la voiture s'étaient interrompus, une demi-douzaine de personnes se trouvaient maintenant dans l'espace entre les sièges et attendaient de voir ce qui allait se passer.

Le contrôleur qui se tenait près de l'autre porte ressemblait à un étudiant de première année. En tout cas, il paraissait plus en forme et plus intelligent que l'autre.

Si seulement le métro pouvait rouler plus vite.

L'étudiant se retourna. Il vit que son collègue était occupé et se dirigea lentement vers les sièges. Les filles s'approchèrent de nouveau de Kodjo. L'étudiant contrôla les tickets des occupants des premiers sièges. Son regard n'arrêtait pas de revenir aux deux filles, qui formaient un tampon devant Kodjo. Tandis qu'il attendait impatiemment qu'une femme plus très sobre extirpe son ticket de son sac à dos, son regard s'arrêta un instant sur Kodjo. Rapide communication non verbale. « Ça va être ta fête, mec. »

Le métro ralentit. La femme trouva le ticket dans son sac. Elle le tendit à l'étudiant. Pendant qu'il y jetait un coup d'œil, les deux filles se faufilèrent dans son dos.

« Vos tickets, s'il vous plaît ! » fit une voix derrière lui. Kodjo était coincé entre la veste en jean et l'étudiant. Quelques personnes se levèrent, d'autres étaient déjà prêtes à sortir. L'étudiant avait fini ses vérifications et se tournait lentement vers lui. Le métro ne tarderait pas à entrer dans la station de Kurfürstendamm.

« Votre ticket, s'il vous plaît ! » dit l'étudiant. Sans se retourner, Kodjo sut que cette requête lui était adressée. L'autre contrôleur, celui à la veste en jean, venait de rendre son ticket à une femme aux boucles noires et s'approchait également de lui.

« Votre ticket ? insista l'étudiant derrière Kodjo.

— Votre ticket, s'il vous plaît », reprit le type à la veste en jean. La lumière de la station envahit le wagon, tout le monde se mit en mouvement sauf les deux contrôleurs et Kodjo. Le métro freina. Le type en jean se retint au dossier d'un siège. Kodjo commença à fouiller dans la poche de son pantalon. Il savait qu'il n'y trouverait rien. Puis il tapota sa veste. Le métro s'arrêta. Les deux filles camées descendirent les premières.

Maintenant, on verrait si les deux types en avaient marre et s'ils allaient quitter le métro en fichant la paix à Kodjo ou s'ils le jugeaient suffisamment intéressant pour rester plantés là. Kodjo ne pouvait pas voir si l'étudiant communiquait avec d'autres contrôleurs derrière lui. « Attendez. On en a un. »

Son téléphone se mit à sonner dans la poche de son pantalon. Veste en jean le regarda, plein d'espoir. La sonnerie du téléphone s'arrêta. D'autres passagers quittèrent la rame. Puis le mouvement s'inversa. S'il y avait de nouveaux contrôleurs, ils étaient montés dans la voiture derrière lui pour ne pas rater le moment où il serait pris en flagrant délit de fraude. Ou bien pour aider à l'interpeller. « Le Noir s'est défendu, nous avons malheureusement été obligés d'utiliser la contrainte physique. »

Mais le Noir ne voulait pas se défendre. Il voulait se tirer.

Une sorte de dynamique se crée quand des gens qui ne forment pas un groupe homogène montent ensemble dans une rame. Qui laisse passer qui, qui cède pour éviter d'être pris dans une bousculade : une tension qui s'apaise seulement lorsque tout le monde est monté. C'était le cas maintenant, le calme était revenu. Veste en jean en revanche était de plus en plus tendu.

« Alors ? » demanda le type.

Kodjo eut l'impression qu'une main s'approchait de son épaule. L'étudiant. Pile au moment où la main se posa dessus, Kodjo prit son élan. D'un bras, il écarta l'étudiant, de l'autre, il poussa Veste-en-jean. Comme le type chancelait, il le poussa à nouveau pour le faire tomber. Kodjo trébucha sur lui, mais retrouva vite son équilibre. « Hé ! » s'exclama l'étudiant avant de tenter de l'attraper. Kodjo sentit une main glisser sur son dos. Veste-en-jean cria et plusieurs personnes dans la voiture firent « Ah » ou « Oh ». L'annonce des haut-parleurs du quai résonna bruyamment dans les oreilles de Kodjo : « Éloignez-vous de la bordure du quai, s'il vous plaît ! » Il fit un dernier bond, envoyant ainsi le sac à main d'une femme valser par terre. Kodjo atterrit sur le quai au moment où la porte se refermait.

Il appuya brièvement ses mains sur ses genoux. Souffla. Il avait réussi.

Mais l'étudiant glissa son bras dans l'ouverture de la porte pour empêcher le contact qui donnait au conducteur le signal de démarrer.

La porte resta coincée dans cet entre-deux pendant un instant – et s'ouvrit de nouveau. Derrière l'étudiant s'étaient agglutinés trois autres contrôleurs, furieux comme des chiens enragés. L'étudiant fut le premier sur le quai ; il se jeta sur Kodjo qui l'esquiva et il finit sa course contre la vitre d'une affiche publicitaire. Le verre se brisa. Il cria de douleur. Le sang gicla.

Les autres contrôleurs étaient placés malgré eux devant une alternative déstabilisante : fallait-il courir après Kodjo ou aider leur collègue ?

Kodjo mit cette seconde d'indécision à profit et déguerpit le plus vite qu'il put.

## 18

« Il a disparu.

— Comment ça, il a disparu ?

— Il nous a semés.

— Et comment s'y est-il pris pour vous semer ?

— Il est trop rapide.

— Comment ça ?

— C'est un véritable athlète.

— Et maintenant ? » Holzmacher avait envie de jurer. Ou encore de sonner les cloches au type qui venait de l'appeler. Mais ça n'aurait servi à rien.

« Il a tabassé un des nôtres. »

Comme Holzmacher ne répondait pas, il ajouta : « Et volé son téléphone.

— Merde. Où l'avez-vous perdu de vue ?

— Amrumer Straße… C'est…

— Je sais où c'est.

— Le dernier métro vers le centre.

— C'était quand ?

— À l'instant… j'ai déjà fait le tour des stations suivantes. Et on a posté quelqu'un dans la Birkenstraße. Mais je pense qu'il descendra à Zoo ou à Kurfürstendamm. Zoo serait bien sûr compliqué à gérer. Il y a beaucoup de passage.

— Je vous rejoins à Kurfürstendamm. Je vais m'en occuper moi-même. Vous, continuez à lui courir après. Trouvez-le. Et ne le laissez pas s'échapper une deuxième fois. »

## 19

Quand Marie descendit à Birkenstraße, il lui fallut d'abord s'orienter. Elle connaissait le nom de la rue, mais Kodjo n'avait pas mentionné de numéro. L'immeuble ne pouvait pas être si difficile à identifier. N'avait-il pas dit qu'il était barricadé avec une porte métallique et que les fenêtres au rez-de-chaussée étaient murées ?

Elle le reconnut immédiatement quand elle le vit et sortit son téléphone. Kodjo ne répondit pas. Elle alla jusqu'au carrefour, revint sur ses pas, réessaya. Toujours rien.

« Où es-tu ? demanda-t-elle au répondeur. Je suis devant l'immeuble. À Moabit. Et j'ai un mauvais pressentiment. » Que dire d'autre ? Elle raccrocha.

Qu'avait dit Kodjo à propos de cette nuit où la femme avait été tuée ? Il voyait son appartement depuis le bâtiment arrière. L'immeuble où avait eu lieu le meurtre devait donc se trouver dans la rue parallèle. De toute façon, elle n'avait rien de mieux à faire pour l'instant.

Au moment où elle atteignait le carrefour, une voiture de patrouille vint à sa rencontre. Marie s'arrêta et la regarda passer et s'arrêter devant l'immeuble condamné. Lorsqu'une policière sortit, elle continua son chemin.

Dans la rue parallèle se trouvaient deux autres voitures de patrouille et deux voitures banalisées. Elles étaient garées en double file et une petite foule entourait un groupe de policiers. Lentement elle s'approcha de l'attroupement.

Elle vit une blonde avec une jupe trop courte utiliser ses bras pour décrire ce pour quoi elle n'avait pas de mots assez précis. Deux policières en civil la regardaient. Les longs cheveux de la blonde se balançaient à chacun de ses mouvements. Peut-être que quelqu'un l'avait agressée avant de prendre la fuite. Elle pointa énergiquement son doigt au loin. L'homme à ses côtés ne cessait de hocher la tête.

Une autre policière interrogeait un groupe de badauds. Elle venait de rejoindre un monsieur d'un certain âge et lui tendit un papier sous le nez. L'homme tordit un peu le cou dans un sens, puis dans l'autre. Alors la policière sortit une lampe de poche et éclaira la feuille de papier. C'était le portrait-robot censé représenter Kodjo. L'homme fit non de la tête. La femme se tourna vers un individu plus jeune aux cheveux rasés.

Il y eut soudain une espèce de remue-ménage. Un homme se dirigea vers Marie. Une femme le suivit. Marie ne comprit qu'ils s'intéressaient à elle que lorsque l'homme se trouva pile face à elle. Il lui montra une petite carte sous plastique, la tenant juste devant son visage.

« Police judiciaire », expliqua-t-il. On aurait dit un hipster. Cheveux courts, barbe trop dense, fringues Carhartt. Il tenait entre ses doigts le portrait-robot. « Auriez-vous déjà vu cette personne ? »

Marie fixa le flic hipster et ensuite le dessin qu'elle avait si souvent contemplé ces derniers jours.

« Ici ? Dans le voisinage ? » Son téléphone sonna.

« Oui », répondit le flic en regardant le sac où sonnait le téléphone.

Marie secoua la tête. C'était sûrement Kodjo, mais elle ne voulait pas lui parler devant ces flics. « Non », répondit-elle.

La femme flic, jeune, sympa, zélée, qui jusqu'ici était restée derrière le hipster, lui chuchota quelque chose à l'oreille. Il répondit doucement : « Non. » Puis il se tourna de nouveau vers Marie. « Merci pour votre aide », conclut-il.

Il fallait absolument qu'elle raconte ça à Kodjo. Marie en aurait presque ri. Ils étaient suffisamment culottés pour demander à la première Noire qu'ils croisaient si elle connaissait le Noir qu'ils cherchaient. Au moins, ils respectaient la loi et n'allaient pas plus loin. « Habitez-vous dans le coin ? » – « Où étiez-vous dans la nuit du... ? » – « Connaissez-vous d'autres Noirs ici ? » – « Avez-vous vos papiers ? » La jeune femme flic aurait franchi ce pas supplémentaire. Kodjo écumerait de rage. Marie repensa aux lèvres de Kodjo sur les siennes, à leurs baisers.

Il fallait absolument qu'elle arrive à le joindre. Où était-il ?

## 20

Lorsqu'il sentit la pluie, les cris des contrôleurs derrière lui étaient devenus plus faibles. En quelques mètres, il avait réussi à creuser un écart dont il saurait bientôt s'il était suffisant.

Le Kurfürstendamm était long et Kodjo ne savait pas où il allait déboucher. Ce n'était pas son territoire. Au lieu de chercher à s'orienter, il devait simplement courir. Après tout, les autres derrière lui étaient furieux. Et pas seulement parce qu'il avait voyagé sans ticket.

Le souvenir de l'altercation et du coup de pied qu'il avait lui-même donné était encore vif. Ça n'avait pas été son intention, mais il avait entendu un os craquer.

Il courait.

C'était encore bondé ! Même s'il pleuvait un peu moins fort. Il avait atterri au milieu du Ku'damm – au niveau de ces absurdes caissons publicitaires vitrés.

Il n'y avait pas meilleure cachette que la foule. Tout en continuant à courir, il regarda autour de lui.

« Arrête-toi ! » entendit-il derrière lui.

Des gens se figèrent. Une femme avec un parapluie. Deux jeunes hommes, prêts à lui sauter dessus. Ils se décidèrent trop tard.

« Retenez-le !

— Arrêtez-le ! »

Kodjo n'osait pas se retourner. Mais il devait savoir combien de personnes étaient à ses trousses. S'assurer de son avance sur elles. Se retourner coûtait du temps. On percutait d'autres personnes. On glissait.

Quelqu'un sortit de derrière l'une de ces vitrines merdiques plantées tous les dix mètres sur le Ku'damm et le fixa d'un air sarcastique. Pas très grand. Pantalon à pinces et chemise d'été. Il voulait l'intercepter. Kodjo le vit à peine, l'envoya valser comme une toupie, c'était tellement simple, et le type fut projeté sur la chaussée. Kodjo entendit une voiture freiner. Une deuxième heurta la première. Pas besoin de regarder : les bruits suffisaient pour comprendre ce qui se passait derrière lui. *Avance.*

Plusieurs personnes contemplaient la scène, immobiles. Les carambolages attiraient toujours des spectateurs.

Kodjo passa au milieu d'un couple âgé et de deux femmes qui vacillaient sur leurs escarpins trop hauts. Un groupe d'Africains venait vers lui. Ils marchaient vite, la pluie avait rafraîchi l'air. Lorsqu'ils le virent, ils se figèrent. Bref contact visuel. « Hé, signifiaient les regards, besoin d'aide ? » L'un d'eux s'avança mais deux de ses amis le tirèrent en arrière, le réintégrant dans le groupe. Ils ne pouvaient rien faire. Ils ne voulaient pas se retrouver au beau milieu d'un affrontement dont ils n'avaient aucune chance de ressortir vainqueurs. Alors qu'il prenait une rue sur sa droite, Kodjo vit du coin de l'œil que les Africains s'étaient dispersés sur le trottoir. Peu importe qui était aux trousses de leur frère, il devrait les contourner.

« Là. Il se tire. » Il avait entendu cette voix à plusieurs reprises. Le chef des contrôleurs.

« Ne vous laissez pas semer ! » Une autre voix. Plus loin. Le groupe se clairsemait.

Encore une rue transversale. Et, en biais, de l'autre côté de la chaussée, une ruelle s'ouvrait. Où qu'elle mène, pendant un moment, Kodjo pourrait être invisible. Il traversa et faillit percuter un cycliste. La ruelle donnait sur une cour arborée. Les troncs étaient vieux et gros, il se cacha derrière l'un d'eux. Reprit son souffle. Allaient-ils se laisser berner par cette ruse ? Le cycliste allait-il les alerter ? Était-il piégé ?

La cour était chichement éclairée. Des boutiques, des entreprises. Derrière lui se trouvait l'entrée d'un magasin de fourrures, à côté une épicerie fine qui importait des produits italiens.

Des voix dans la rue.

Il fallait qu'il se cache. Mais où ?

Kodjo remarqua les rampes d'accès pour les fauteuils roulants menant aux magasins. Voilà. Celle de l'épicerie fine n'était constituée que d'une grille métallique. Il venait de se glisser dessous quand il entendit les premières voix s'approcher.

« Il n'est pas ici.

— Tu as bien regardé partout ? »

Un piétinement.

« Je t'ai dit qu'il n'était pas là. »

Le piétinement, encore. Plus près.

« Les autres l'ont peut-être attrapé. »

Kodjo retint sa respiration. Son cœur battait à se rompre. Il était étendu sur quelque chose d'humide. De l'herbe et de la terre, d'après l'odeur qui lui montait au nez. Heureusement qu'il avait mis des vêtements sombres. Ses chaussures étaient blanc et jaune, mais il avait replié ses pieds sous ses jambes.

« Est-ce qu'on suit les autres ?

— Peut-être qu'on ferait mieux de rester ici.
— Et si on le trouve ?
— On est deux. »
Les voix s'éloignèrent.
Kodjo inspira doucement. Puis il sortit son téléphone.
« Où es-tu ? demanda Marie.
— Ils me poursuivent.
— Qui ?
— Tous. Là, ce sont les contrôleurs…
— Mais tu es où ?
— À Charlottenburg.
— Charlottenburg ? Qu'est-ce que tu fous là-bas ? »
Des pas approchèrent de nouveau.
Kodjo cacha le téléphone sous son buste afin d'éviter que la lumière de l'écran ne le trahisse. Le plus méfiant des deux voulait sans doute vérifier une dernière fois que le fuyard n'était pas dans le coin. Il était au milieu de la cour maintenant, invisible derrière un arbre. À présent, il s'enfonçait davantage vers le fond de la cour.

La grille sous laquelle se trouvait Kodjo lui masquait partiellement la vue. C'est pourquoi il ne vit d'abord que les jambes de l'homme. Ce n'était pas un des contrôleurs. Mais quelque chose chez lui parut familier à Kodjo. Quand l'homme se retourna pour sortir de la cour, Kodjo essaya de l'apercevoir.

Il ne le vit qu'une petite seconde avant qu'il disparaisse. Un jean délavé et un tee-shirt blanc. Une tête et une chevelure quelconques. Ç'aurait pu être n'importe qui. Et personne. Mais Kodjo l'avait reconnu à sa façon de bouger. Cet élan partant des épaules, il ne l'avait vu qu'à deux reprises. D'abord une épaule qui avance, puis la jambe. Ensuite l'autre épaule et la jambe du même côté. Un frisson lui parcourut le dos. Holzmacher était à ses trousses.

Mais il ne l'avait pas encore trouvé.

Soudain il prit conscience que Marie était encore en ligne, il entendait sa voix.

« Désolé.

— Qu'est-ce qui se passe ?

— Il était là.

— Qui ça ?

— Le meurtrier.

— Comment ça ? Je croyais que les contrôleurs te poursuivaient. »

Kodjo raconta à Marie le déroulement de sa soirée.

« Quelle merde, fit-elle quand il eut fini. Tu veux aller où maintenant ?

— Je voulais venir chez toi.

— OK. C'est une bonne idée. Une fois que tu seras chez nous, tu pourras te cacher aussi longtemps que nécessaire. »

En rampant, Kodjo sortit de sa cachette. « Je serai chez vous le plus vite possible.

— Entendu, répondit Marie. Je me mets en route moi aussi. Et j'appelle Anna pour la prévenir. »

Après avoir rangé son portable dans sa poche, Kodjo se cacha derrière un arbre. On ne pouvait pas le voir depuis la rue et lui, il avait une vue dégagée sur l'entrée du passage.

Une voiture passa. Une cycliste. Deux jeunes hommes à pied. Puis il vit une voiture de police. *Reste calme. Ça ne veut rien dire du tout. La police est partout.*

Il se dirigea vers la sortie de la cour la tête haute. Guetta ce qui se passait sur le trottoir d'en face. Fit encore un petit pas. Et encore un.

Un groupe de jeunes se trouvait au loin, à l'angle du Ku'damm. Ils traînaient.

Encore un pas. Aucune voiture. Encore un, et puis le dernier.

Le trottoir était désert. Presque, en tout cas. Au loin, une silhouette isolée se dirigeait vers lui. Masculine. Pas jeune.

Quel itinéraire prendre ? Il exclut le Ku'damm. Trop d'agitation. Trop de témoins de la course-poursuite. Mais s'il voulait se rendre à Neukölln, il devait le traverser, ici ou ailleurs. Seule solution : s'en éloigner, prendre des rues parallèles, le traverser loin de la station de métro et se diriger ensuite vers le sud. Reprendre le métro ? Non, trop tard. Le bus de nuit ? Pourquoi pas.

Kodjo s'éloigna du Ku'damm. L'homme qu'il avait vu de loin le dépassa. Deux voitures se dirigeaient vers lui. Il bifurqua au carrefour. Il avait un peu de temps pour déterminer quel bus de nuit prendre, il lui fallait d'abord ficher le camp de ce quartier.

Il regarda autour de lui. Rien.

Un couple ivre sortit d'un immeuble devant lui. Pas important. *Ne cours pas si ce n'est pas nécessaire.* Très lentement les battements de son cœur redescendirent à un rythme normal.

Encore un carrefour.

*Avance encore, éloigne-toi encore avant de traverser le Ku'damm.*

« Là ! s'écria soudain une voix derrière lui.

— On le tient. » Une autre voix.

Il ne savait pas qui criait, en revanche il ne doutait pas qu'il était question de lui. Kodjo accéléra de nouveau. Il entendait distinctement ses poursuivants. Et redoubla d'efforts.

Il courait sans réfléchir. Garder les yeux sur le prochain croisement, faire attention à la circulation.

Derrière lui, toujours le bruit des pas, mais la distance augmentait. Il l'entendait. Et bientôt il parviendrait à un nouveau croisement.

La sirène de police perturba le rythme de ses foulées. Elle venait de derrière. Elle était toute proche. Ces flics en avaient-ils après lui ? Courir plus vite. Toujours faire attention à la circulation.

Le larsen des haut-parleurs. « Arrêtez-vous immédiatement. » La voiture accéléra. Il approcha du croisement sans ralentir. Et en vit une autre arriver de l'embranchement. Il fallait prendre une décision tout de suite. Il sauta sur le côté.

Et se retrouva à terre. Effleuré par la voiture qui s'était mise en travers de son chemin. Il sentit une douleur quelque part, mais ça n'avait aucune importance. Le véhicule qui l'avait touché s'était arrêté au milieu du carrefour. Kodjo vit distinctement le visage de l'homme qui s'était retourné. C'était Holzmacher. Les freins de la voiture de police couinèrent lorsqu'elle s'arrêta devant le carrefour bloqué. Mais Kodjo était déjà reparti en direction du Ku'damm. À longues foulées, il atteignit l'avenue, pria pour la traverser sans percuter un autre véhicule. Ses poursuivants étaient toujours à ses trousses. Et de plus en plus nombreux.

## 21

Ses collègues avaient des débats passionnés pour savoir ce qui était pire, les usagers qui montaient à Märkisches Viertel ou ceux qui prenaient le bus à Neukölln. Deniz ne comprenait pas cette exaspération. C'était juste des jeunes qui voulaient s'amuser.

Au sens strict, le public avait effectivement changé. Moins celui du Märkisches Viertel, on y trouvait encore beaucoup de gens que les journaux qualifiaient de marginaux. Bon nombre ne pouvaient pas se payer un ticket de bus. Neukölln, en revanche, s'était transformé. Deniz effectuait le même trajet depuis huit ans et il avait fait deux constats. Premièrement, les bus étaient plus fréquentés qu'autrefois, ce qui était une conséquence du second point : de plus en plus de gens friqués s'installaient à Neukölln. Quand il avait fait le trajet pour la première fois, il n'y avait pas grand-chose sur le Kottbusser Damm à part quelques bistros turcs. Ça avait changé. Il y avait même un restaurant de sushis aujourd'hui. Non, plusieurs.

Il venait de passer le pont de Cottbus pour la première fois de la nuit. Dès qu'il aurait atteint le terminus à Hermannstraße, il prendrait une première pause. Il n'y avait plus grand monde aux arrêts de bus.

La chiffe molle qui monta juste avant Hermannplatz ne lui plaisait pas. Le type n'avait pas vingt ans et déjà des rides profondes marquaient son visage. Ses vêtements n'étaient pas déchirés, mais pas lavés depuis un bon bout de temps. Il montra un ticket qui semblait dater de l'année dernière. Deniz lui fit signe de passer. Il n'avait pas peur des embrouilles, mais il y en avait certaines qu'il était inutile de provoquer. Il ne faisait pas partie des chauffeurs qui refusaient de démarrer s'ils n'étaient pas sûrs à cent pour cent que tous leurs passagers avaient un ticket valide. Dans un tel cas, certains de ses collègues éteignaient le moteur et jouaient les têtes de mule. En fin de compte, se disait-il toujours, cela mettait en péril la sécurité des usagers.

Et pourtant… le type ne lui plaisait pas.

Quelques années auparavant, il avait eu un cas comme ça. Un type était monté dans son bus et avait plongé la main dans un sac ouvert. Il en avait sorti un porte-monnaie, et tous les autres passagers l'avaient vu opérer. Ça avait fait une sacrée histoire. Un passager l'avait frappé. Le voleur était tombé. Il avait tiré un couteau et l'avait agité dans tous les sens. Un autre voyageur était intervenu, avait donné un coup de pied dans sa main pour lui faire lâcher le couteau. Et ensuite, le voleur avait pris une vraie raclée. Avant que Deniz ait pu stopper le bus, tout le monde avait saisi l'occasion de lui en coller une. Ça s'était passé quelque part sur l'Hermannstraße, pas loin d'ici. Mais le pire, c'était ce qui était arrivé ensuite. Le voleur n'avait pas de ticket et un de ses supérieurs lui en avait fait le reproche. Il aurait dû vérifier avant de le laisser s'installer dans son bus. Après tout, ça relevait de sa responsabilité, personne ne devait voyager sans ticket. Quel gros connard !

Le type qui venait de monter lui rappelait cet incident. Probablement parce qu'il avait le même air aigri.

## 22

Il était bien content de ne pas avoir bu. Holzmacher inspecta les dégâts que le Noir avait faits sur sa voiture. Quelques rayures, rien de plus.

« Vous l'avez retrouvé ? » demanda-t-il à son interlocuteur. En même temps il fit un signe de tête à la policière qui se trouvait à ses côtés. « Excusez-moi, lui dit-il, une discussion professionnelle. J'avais un rendez-vous. » Puis il se détourna et parla de nouveau dans le téléphone : « Alors ?

— Il y a des espèces de hooligans qui courent après le Noir, fit la voix.

— Ce sont les contrôleurs du métro.

— Ah… En tout cas on est derrière eux.

— Et c'est lui qu'ils pourchassent ? demanda-t-il pour rester vague.

— Sans aucun doute.

— Vous ne vous en mêlez pas pour le moment, on est bien d'accord ?

— Oui. Les flics aussi en ont après lui.

— Vraiment ?

— Oui, on entend des sirènes dans tous les coins.

— Vous voulez dire que ce sera bientôt fini ?

— Ce n'est pas exclu.

— OK. Ne vous en mêlez pas. Attendez qu'une bonne occasion se présente. Entendu ? »

Il n'y eut pas de réponse.

« Allô ? fit Holzmacher.

— Oui… Mais vous savez que ce n'est pas tout à fait légal.

— Ce que je sais, moi, c'est que vous avez une dette envers moi.

— Je sais.

— Je dois régler un truc avec la police. Ensuite je vous rejoins. »

Holzmacher se tourna de nouveau vers la policière. « Pardon, je suis sincèrement désolé. Mais c'était vraiment urgent. » Il afficha un sourire qu'il croyait désarmant.

## 23

Ça n'avait pas été si difficile de traverser le Ku'damm. Désormais, Kodjo était quelque part au sud de celui-ci.

Il savait à peu près dans quelle direction il allait. Schöneberg. Wilmersdorf. Sans doute un de ces deux quartiers. Mais ce qui importait pour l'instant, c'était de semer ses poursuivants.

Kodjo avait réussi à mettre un peu de distance entre lui et les contrôleurs. Ils s'étaient montrés obstinés. Mais au fond, ce n'était pas eux qu'il craignait le plus. Ils allaient bien finir par lâcher l'affaire. C'était la police qui lui faisait vraiment peur. Une fois qu'elle s'était mise en chasse, elle n'abandonnait pas de sitôt. Elle mobilisait simplement plus de troupes. Mais il avait un avantage. La police ne connaissait pas son identité.

Ses articulations commençaient à lui faire mal. Il y avait un sacré moment qu'il courait.

Il entendit une sirène qui hurlait quelque part, peut-être dans la rue parallèle. Un bref regard en arrière. Les types du métro étaient encore là. Il leur restait tout juste assez de forces pour courir. Ils ne criaient plus : « Retenez-le ! » Mais ils restaient à ses trousses.

Son genou droit était légèrement endolori depuis la collision avec la voiture de Holzmacher. Il n'avait pas du tout fait attention au modèle. Ce n'était pas la Mercedes de la nuit du meurtre, mais un modèle plus petit. Où pouvait être Holzmacher ? Où étaient les types qui le pourchassaient depuis Moabit ? C'étaient bien les sbires de Holzmacher !

Ça faisait du bien de courir moins vite. Il venait de croiser un couple très jeune. Très occupés d'eux-mêmes, ils n'avaient pas du tout paniqué quand il avait couru vers eux. Ils n'avaient pas eu ce regard qui disait : « Attention, voilà un criminel en fuite. » Ni celui empreint de la plus grande méfiance en voyant un criminel *noir* en train de fuir. Ils lui avaient juste lancé un regard, étonnés de le voir arriver si vite, avant de se reconcentrer sur eux-mêmes.

Devant lui apparut le reflet d'un gyrophare. Kodjo prit à gauche, de toute façon, à un moment ou un autre, il faudrait bien traverser Schöneberg pour rejoindre Neukölln. Ou bien courait-il en direction de Kreuzberg ? Quoi qu'il en soit, il ne fallait pas trop s'approcher de la police. Il devait fuir les contrôleurs. Et veiller à maintenir Holzmacher et ses sbires à distance.

Avec un peu de chance…

Un minibus VW se dirigeait vers lui et ralentit. Puis il s'arrêta à environ vingt mètres en amont. Deux types avec la boule à zéro et des vêtements sombres sautèrent l'un du côté passager et l'autre de la porte coulissante. Ils étaient là pour lui !

Kodjo fit un pas de côté et eut la chance de ne pas trébucher en atterrissant sur la chaussée. Il courait vers le minibus. La porte côté conducteur s'ouvrit également ; Kodjo esquiva une nouvelle fois l'assaut et réussit à atteindre le trottoir. Le conducteur n'avait pas anticipé son geste et s'empêtra dans l'espace restreint entre les voitures garées. Des deux autres, un seul réussit à se diriger vers

Kodjo. C'était le maigre qu'il avait croisé dans les bureaux, le sadique. Il portait un bandage autour de la tête.

Kodjo fonça, tête baissée. Le maigre tomba, Kodjo trébucha sur lui, son pied s'enfonça dans le ventre du type. Il perdit l'équilibre et dut contracter tous ses muscles pour ne pas s'écrouler à son tour. S'il tombait, les autres l'attraperaient.

Une fois qu'il eut rétabli son équilibre, il se tourna brièvement. Les deux hommes en noir couraient devant, suivis par deux contrôleurs qui avaient rattrapé leur retard. Au loin, la présence menaçante des gyrophares. Une voiture de flics s'approchait à toute allure. Par chance, le minibus lui barrait encore la route. Les flics n'allaient pas pouvoir le suivre.

*Continue.* Il sentit que sa poitrine se serrait. Il commençait à avoir du mal à respirer.

*Continue.*

## 24

Il était beaucoup trop tard pour le métro. Marie chercha un arrêt de bus de nuit. Elle appela sa colocataire.

« Anna ?

— Mmm…

— Tu dormais déjà ?

— Presque…

— Bon. Alors… C'est bien que tu sois à la maison. Kodjo ne va pas tarder à arriver, tu lui ouvriras.

— Que se passe-t-il ?

— Il s'est fait courser par des contrôleurs…

— Oh, merde.

— Mais ce n'est que la moitié de l'histoire. Même pas la moitié en fait. Tu lui ouvres, d'accord ? »

Après avoir raccroché, Marie tenta de comprendre le tableau des horaires du bus de nuit N9. Elle essayait de l'éclairer avec l'écran de son téléphone lorsqu'elle l'entendit arriver. Il était une heure passée. Marie montra son pass mensuel et s'assit. Il n'y avait pas grand monde dans le véhicule.

Avec un peu de chance, Kodjo serait déjà chez elle quand elle rentrerait. Et si ce n'était pas le cas…

Quel était le plan du conducteur de la Mercedes ? Certainement pas de livrer Kodjo à la police. Cela n'aurait aucun sens, Kodjo était le seul témoin du meurtre.

Marie se figea sur son siège. Elle venait de comprendre pourquoi le meurtrier recherchait Kodjo. Elle sortit son téléphone et l'appela. Mais il était sur répondeur.

Elle se contenta d'un : « Rappelle-moi. »

Le bus s'arrêta à Zoo, elle devait changer. Il y avait encore beaucoup d'agitation. Un fourgon de police était garé devant le terminal des bus. Ses passagers en étaient descendus afin d'effectuer un profiling racial à l'intérieur de la gare.

Comparée à d'autres, sa situation était confortable. Les femmes étaient plus rarement soumises à cette humiliation que les hommes. Et s'il leur arrivait de vouloir vérifier son identité, en général deux phrases suffisaient pour démontrer qu'elle parlait un meilleur allemand que la plupart des flics. Et bien sûr elle avait un passeport allemand.

Le N1 arriva. Elle ne prit pas la peine de s'asseoir. Trop nerveuse. Rappela Kodjo. Encore le répondeur.

Le bus se mit en route. Marie sentit la nervosité grandir en elle. Avait-elle eu tort de se rendre à Moabit ? Serait-elle d'une plus grande aide à la maison ? Le bus roulait lentement. Beaucoup trop lentement. Elle voyait l'Europa Center vers lequel le conducteur se dirigeait tranquillement. Il lui faudrait sans doute plus de vingt minutes pour atteindre Kreuzberg.

Le bus s'arrêta. Un homme descendit. Une douzaine de personnes montèrent à bord. Le bus repartit. Pourquoi le chauffeur conduisait-il si lentement ? Il avait pourtant un horaire à tenir.

À croire que ce chauffeur faisait la grève du zèle. C'était sûrement ça. La grève du zèle. Il longea le KaDeWe à la vitesse d'un escargot. L'arrêt de Wittenbergplatz. Deux personnes descendirent. Beaucoup montèrent. Marie tourna la tête. Regarda à l'extérieur. Peut-être que ce serait plus facile à supporter que de se concentrer sur la lenteur avec laquelle ce bus avançait. Pourquoi Kodjo ne la rappelait-il pas ?

Le bus s'arrêta de nouveau. Ça dura des plombes. Puis encore un arrêt à Nollendorfplatz.

Le téléphone sonna. Kodjo.

« Que se passe-t-il ? demanda Marie.

— Il faut que tu m'aides », chuchota-t-il.

## 25

Kodjo accéléra de nouveau. Des foulées plus longues. Une fréquence plus élevée. La police ne lâchait jamais sa proie. Courir ne suffirait pas.

Couinement d'un haut-parleur : « Arrêtez-vous tout de suite ! »

Que pouvaient-ils dire d'autre ? Puisqu'ils ne pouvaient pas avancer.

Kodjo entendit la voiture de police faire marche arrière, alors que lui-même traversait le carrefour suivant. Si seulement il savait où il était exactement. Sûrement encore à Charlottenburg.

Mais Charlottenburg était grand. Il tourna à droite.

Un endroit où se cacher, ce serait magnifique.

Être tiré d'affaire le serait encore plus.

Là-bas, juste devant lui, il y avait une large rue et beaucoup de lumières. S'il ne se trompait pas, il y voyait également le reflet d'un gyrophare. Il ralentit. Prit encore une fois à droite. En principe, c'était la mauvaise direction. Presque l'opposé. Mais cette grande avenue lui faisait peur.

Donc à droite. Il eut du mal à en croire ses yeux. Pourquoi n'y avait-il pas pensé plus tôt ? Le conducteur de taxi sortit une petite valise de sa Toyota et la tendit à une vieille dame. Celle-ci hocha la tête, dit quelque chose et se retourna.

Kodjo cessa de courir et se força à marcher. Il leva la main. Le conducteur le remarqua et lui fit signe qu'il attendait.

*Reste calme. Tu vas passer un certain temps dans un espace clos avec cet homme. Il connaît beaucoup mieux la ville que toi. D'un autre côté, il sait peut-être que la police recherche quelqu'un. Les conducteurs de taxi sont au courant de beaucoup de choses.*

Kodjo prit tout son temps pour que le rythme de sa respiration redescende au niveau de celui d'un promeneur. Quand il atteignit le taxi, il ne haletait presque plus.

« Salut, dit-il à l'homme qui s'était rassis derrière le volant. Conduisez-moi à Neukölln, s'il vous plaît. »

Le conducteur répondit d'un signe de tête et Kodjo s'assit sur la banquette arrière. Il se plaça de manière à ce que l'homme puisse le voir dans son rétroviseur. Il ne voulait pas donner l'impression de se cacher. De plus, il voulait voir les mouvements du chauffeur. Il n'était plus très jeune. Originaire du Proche-Orient ou quelque chose comme ça. Épaisse moustache grise.

Ils tournèrent trois fois en un court laps de temps. Peu à peu, il échappait à ses poursuivants. Kodjo s'abstint de regarder en arrière chaque fois qu'ils tournaient. Il prenait beaucoup sur lui pour y parvenir.

Dans une rue large dont il ne connaissait pas le nom, ils faillirent tomber sur un contrôle de police, mais le conducteur tourna une nouvelle fois, bien avant d'atteindre le barrage policier.

Kodjo sortit son téléphone et réfléchit à ce qu'il pouvait écrire à Marie. Ils étaient en train de dépasser la station de Gleisdreieck. Il se mit à taper : « Je serai bientôt là. Ça ne prendra plus que… » Kodjo ne put s'empêcher de jeter un œil par la vitre arrière. Une Golf bleu foncé les suivait à une certaine distance. Il se tourna de nouveau vers l'avant.

« Beaucoup d'agitation aujourd'hui, fit le chauffeur sans regarder dans le rétro. La police cherche un Noir. »

Il finit d'écrire son SMS, « je me dépêche », puis l'envoya à Marie. Quand il se retourna de nouveau, il vit que la Golf était toujours derrière eux. Alors qu'ils avaient passé plusieurs carrefours et feux tricolores. Était-ce le fruit du hasard ? Une autre voiture ? Il y avait beaucoup de Golf dans les rues de Berlin, sans aucun doute… Si seulement il pouvait voir si celle-ci avait un logo sur les portières.

« Y a des barrages partout », indiqua le chauffeur. Il regarda dans le rétroviseur et se gratta sous le nez. « Ils sortent les gros moyens. Normalement, ils ne font pas ça. Mais il se passe quelque chose… Là-bas il y en a d'autres. »

Ils approchaient du parc de Hasenheide. Arrêté à un feu rouge, Kodjo remarqua que le chauffeur l'observait. Il résista à la tentation de le fixer à son tour et se tourna à nouveau vers la vitre arrière. La Golf ralentit lentement et s'arrêta à une certaine distance, au lieu de se ranger derrière eux.

Dans l'autre direction, Kodjo aperçut de nouveau un gyrophare. Le chauffeur démarra. Merde. La voie sur laquelle ils roulaient était bouclée par la police.

Que faire ? Quelles étaient ses possibilités ? Si les flics le voyaient assis dans ce taxi, ils le feraient sortir de la voiture, puisqu'il était noir, et constateraient rapidement qu'il était clandestin. Et il n'avait aucune envie d'imaginer la suite. Encore un feu rouge. La Golf gardait toujours ses distances.

Plus qu'une centaine de mètres avant de tomber sur le barrage policier. S'il demandait au chauffeur de prendre un autre itinéraire, la probabilité qu'il lui rende ce service était grande. Mais comment réagir s'il refusait ? S'il allait directement jusqu'aux flics et qu'il leur disait : « Vous devriez vous intéresser à mon client. Il n'avait pas très envie de vous voir. » Le feu piéton passa au rouge. Mais si le chauffeur suivait ses instructions, ils auraient toujours la Golf au cul. Qui étaient les plus dangereux ? Les flics ou les hommes de Sec Tech ? À condition que ce soit bien eux qui le suivaient.

La voiture en tête de file avait apparemment des problèmes. Le taxi devant le sien avait commencé à déboîter, mais il attendait que la voie attenante se libère. Que faire ?

Kodjo jeta un regard sur le côté, et il vit l'entrée du parc de Hasenheide. Sans hésiter, il ouvrit la portière et sauta hors du taxi.

« Hé ! » s'écria le conducteur.

Kodjo laissa la portière ouverte et se précipita à l'intérieur du parc. Il était vaste. Ses poursuivants auraient du mal à l'y trouver.

## 26

Une nuit calme. Relativement. Deniz venait de laisser descendre deux passagers dans le quartier de Märkisches Viertel. Mais il serait plus détendu s'il n'y avait pas ces deux bagnoles qui ne cessaient de s'approcher pour se laisser de nouveau distancer. Elles l'avaient déjà doublé une fois. À une vitesse impressionnante. Puis elles avaient disparu dans une rue latérale pour se retrouver derrière lui peu après.

Les conducteurs donnaient des coups d'accélérateur, puis ils roulaient de nouveau normalement. Une façon de montrer les muscles. C'étaient de petites cylindrées : une voiture de sport Nissan qui datait un peu et une Polo relativement récente. Des voitures que de jeunes mecs pouvaient se payer. L'un d'eux se préparait de nouveau à doubler.

Deniz freina légèrement, mais la Polo ralentit. Ils se chatouillaient mutuellement et en même temps ils testaient leurs limites. Plus tard, ils commenceraient à se mesurer sans se servir de leurs freins. Mais pas aujourd'hui. Ils n'en étaient pas encore là. Ça n'allait pas non plus se produire ici, sur le Wilhelmsruher Damm, mais quelque part plus au centre de Berlin. Pour ça, ils avaient besoin d'un public.

La Nissan doubla la Polo et se rapprocha du bus. Elle se déporta encore une fois et le dépassa à toute allure. Le conducteur de la Polo voulait l'imiter, il roulait déjà sur la voie opposée. Mais il dut se rabattre, car une fourgonnette arrivait de l'autre côté.

Deniz stoppa le bus à l'arrêt suivant et prit en charge deux jeunes femmes. La Nissan et la Polo avaient disparu lorsqu'il mit le clignotant pour se fondre à nouveau dans la circulation. Il serait bientôt deux heures et demie.

Il y avait des jours comme ça. Aucun de ses collègues ne pouvait l'expliquer. Les bus étaient vides, qu'il pleuve ou qu'il gèle, que ce soit le début ou la fin du mois, que le Hertha BSC joue en Champions League ou pas. De toute façon, ça faisait un bail qu'il ne s'était pas qualifié pour cette compétition. Il n'y avait tout simplement pas d'explication. Parfois les gens restaient à la maison, voilà tout. En plus, aujourd'hui, il pleuvait, même si ça s'était un peu calmé. Il s'arrêta à Wittenau, le terminus de l'U8. Pour lui, ça tombait plutôt bien. Une nuit calme sans trop de stress.

Demain tout pouvait être différent. Il fallait être capable de savourer les petits plaisirs de la vie.

## 27

Kodjo se précipita à l'intérieur du parc et suivit le chemin asphalté qui montait. Loin du chauffeur de taxi qu'il entendait crier derrière lui. Mais surtout loin du conducteur de la Golf. C'était lui qu'il craignait le plus.

Ses poumons lui faisaient mal. Une sensation d'engourdissement l'avait envahi. Il ne pourrait plus courir longtemps.

Quand il arriva sur le chemin circulaire, il entendit des cris et des bruits de gens qui couraient à proximité. Il se retourna et vit deux hommes vêtus de bleu entrer dans le parc. Il ne s'était pas trompé. Les gars de Sec Tech. *Ne t'arrête pas. Pas ici.* Il continua de monter la côte.

Il suivait les lampadaires qui éclairaient les chemins principaux du parc. Inutile d'aider ses poursuivants à le trouver. Il quitta le chemin, traversa le gazon et se faufila dans les buissons. S'arrêta un instant. Souffla. Les deux gars de Sec Tech se tenaient sur la pelouse qu'il venait de traverser, en plein débat. L'un sortit un téléphone de la poche de son pantalon. Ils appelaient des renforts. Il entendit une sirène de police quelque part, mais ne savait pas exactement d'où elle provenait. Une autre, ailleurs, lui fit écho.

Fuir.

Se cacher.

Mais pour aller où ? Ah oui ! Il voulait aller chez Marie et Anna.

Et pour cela il devait ressortir du parc de Hasenheide.

*Concentre-toi, Kodjo, réfléchis.*

Le type de Sec Tech avait terminé sa discussion et pointa son doigt vers les buissons où Kodjo venait de se cacher. Cela signifiait : « Je vais voir là-bas. » Puis il indiqua la direction opposée à son collègue : « Toi, tu vas par là. » Les deux hommes se séparèrent.

Les sirènes approchaient. De plus en plus nombreuses.

Il devait sortir d'ici au plus vite. Même si le parc était vaste et labyrinthique avec ses chemins sinueux et enchevêtrés, il existait tout de même des sorties faciles à surveiller et des clôtures infranchissables. Plus il laissait de temps aux gars de Sec Tech et aux flics, plus il leur facilitait la tâche. L'un des hommes de Sec Tech approchait lentement des buissons. Kodjo tenta de se mettre à sa place. Que voyait-il ? Des fourrés sombres, un endroit où ne pas mettre les pieds la nuit. Pourquoi s'exposerait-il au danger d'y pénétrer ? L'homme n'était plus qu'à quelques mètres. Il stoppa.

Kodjo respira doucement. Les sirènes approchaient. Il devait sortir d'ici.

L'homme en bleu avait suffisamment réfléchi aux éventuels risques et fit demi-tour. Il sortit son téléphone et composa un numéro. Tandis qu'il s'éloignait, Kodjo entendit sa voix. Elle était calme. Contrôlée. « Je ne le trouve pas. J'ai ratissé tous les buissons. Où es-tu ? » Puis il fut trop loin pour que Kodjo puisse comprendre la suite.

Abrité par la végétation, Kodjo se faufila en direction du sud. Près du Columbiadamm, le parc était plus ouvert, pas protégé par des murs comme ceux donnant sur la Hasenheide. C'était plus simple de sortir là-bas. Sauf qu'il y avait des clôtures. Celles de l'ancien aéroport de Tempelhof et celles de la piscine. Il devait examiner la situation.

Dans la lumière des lampadaires, sur un chemin au loin, deux Africains venaient de se rejoindre. Il n'y avait pas pensé. Dans ce parc aussi, il y avait des dealers. Mais le parc était trop grand pour les flics. Ils ne pouvaient pas le prendre d'assaut, telle une armée en campagne, et choper tous ceux qui s'y trouvaient.

Pendant une seconde, Kodjo envisagea de demander de l'aide à ses frères de couleur. Si quelqu'un connaissait le parc, c'étaient bien eux. Mais ils étaient trop loin. Et il devait traverser une grande étendue à découvert pour les atteindre. Il avait rejoint le chemin circulaire le plus excentré et se remit à courir. Bientôt il serait à la hauteur du Columbiadamm. Quelque part au loin résonnait toute une fanfare de sirènes.

À sa droite, se trouvaient les terrains de sport. La clôture était trop haute, pas moyen de la franchir. Devait-il chercher un éventuel passage ? Un sentier qui traverserait les terrains de foot et les courts de tennis ? Il n'avait pas de temps à perdre. Il tomba enfin sur le Columbiadamm. Et sur la première voiture de police. Gyrophare éteint, vide. Peut-être qu'ils le cherchaient dans le parc ? Kodjo se faufila vers la rue.

Le fourgon bleu et argent arriva lentement. Sans sirène ni gyrophare. Il s'arrêta, bien en vue. De l'autre côté de la rue. Au bord des pelouses de Tempelhof. Une douzaine de flics en descendirent et se dégourdirent les jambes. Ce n'était définitivement pas par là qu'il pourrait sortir du parc.

Kodjo appela Marie. « Que se passe-t-il ? demanda-t-elle.

— Il faut que tu m'aides. »

## 28

« Où es-tu ?

— À Hasenheide. Dans le parc.

— Qu'est-ce que tu fous là-bas ? »

Marie mit une main devant le téléphone. Pas nécessaire que tout le monde l'entende.

Kodjo eut besoin d'un certain temps avant de répondre : « Ce n'est pas important. Ce qui compte, c'est de savoir comment je vais faire pour en sortir.

— Quel est le problème ?

— Il y a des flics partout.

— Merde. »

Ils se turent pendant quelques secondes.

« Où es-tu ? demanda Kodjo.

— Je suis sur le chemin du retour. Je vais arriver à Potsdamer Straße. Dans le bus… »

Encore un silence.

« Et toi, tu es où ?

— À Hasenheide. Je viens de le dire.

— Mais où exactement ?

— Caché. En face de l'aéroport. Il y a des flics partout. »

Marie regarda autour d'elle. Personne n'entendait ce qu'elle disait. En tout cas, elle n'en avait pas l'impression. Elle se tourna de nouveau vers la fenêtre et parla encore moins fort.

« Tu connais bien les lieux ?

— Non, pas vraiment.

— Écoute… Tu n'es pas au bon endroit… Mais il y a quelques sorties cachées. Je parie que la police les ferme en dernier. À condition qu'elle y pense.

— Elles sont où ?

— L'une est à côté du magasin de bricolage. Celui d'Hermannplatz.

— Merde, je connais pas.

— Il faut que tu traverses le parc. Passe à gauche du café. Tu vois où il est ?

— Bien sûr, j'y suis déjà allé. Au milieu du parc.

— Exactement. De là un chemin mène directement vers une rue. Je ne me souviens pas de son nom. Il faut que tu avances parallèlement aux grands axes.

— Mais le temps que j'y arrive, les flics s'y seront sûrement postés.

— Possible. Mais il y a une sortie que tu pourras prendre.

— Celle du magasin de bricolage ?

— Exactement. Avant d'atteindre la rue, tu dois tourner à gauche. Il y a un chemin qui mène au parking du magasin. Passe par là. C'est le dernier endroit où ils iront.

— Tu es sûre ?

— Oui. Certaine. » Elle n'était sûre de rien, mais Kodjo devait tenter sa chance.

« Il me suffit donc juste de trouver l'endroit ?

— Oui, c'est tout…

— Et toi ?

— J'essaie de te rejoindre. Je change à Kottbusser Tor et je te rejoins.

— OK. » Kodjo raccrocha.

Marie empocha son téléphone et se retourna de nouveau vers les autres voyageurs. Le bus s'était vidé pendant qu'elle parlait avec Kodjo. Elle n'était pas sûre de lui avoir donné un bon conseil. Mais c'était le meilleur chemin pour quitter le parc, ça, elle en était certaine. Et Kodjo pouvait tout de même sortir de là sans se faire attraper par la police ou par ces autres types. Il y avait pourtant une différence entre les deux : tôt ou tard, la police comprendrait que Kodjo n'avait pas tué cette femme, mais si les flics l'attrapaient, il se ferait expulser. Pour ce qui était des autres, elle ne savait pas ce qu'ils feraient de lui s'ils lui mettaient la main dessus. En fin de compte, elle préférait un Kodjo vivant au Ghana qu'un Kodjo mort à Kreuzberg. Ces types ne préparaient sûrement rien de bon.

Une larme coula le long de sa joue.

# 29

Pour se rendre au café, Kodjo devait rejoindre le milieu du parc. C'était une nuit obscure, mais, devant lui, le chemin était éclairé. Il le traversa en courant et se cacha derrière un vieil arbre. Regarda autour de lui. Puis reprit sa course.

L'un des deux types de Sec Tech avait disparu pendant qu'il parlait avec Marie. Il le cherchait sûrement quelque part à l'intérieur du parc. Par ailleurs, il y avait les flics du fourgon. Allaient-ils entrer dans le parc sans attendre les renforts ?

Un autre chemin, sans éclairage. Deux cyclistes arrivaient de Kreuzberg. Kodjo attendit. Des sapins de Noël sur roues. Les cyclistes avaient eux-mêmes fixé des lampes à l'avant et à l'arrière de leurs casques. Après les avoir laissés passer, Kodjo fit quelques pas pour traverser le chemin et se cacha tout de suite derrière un buisson. Il y avait une clôture, mais il ne put voir ce qu'il y avait derrière. Il suivait la clôture depuis un certain temps, lorsqu'il entendit des pas. Deux personnes approchaient. Il reconnut l'une d'elles. C'était l'homme qui l'avait épié dans le passage en bas de son appartement. Son ancien appartement. Peut-être qu'il ne se serait jamais retrouvé dans ce merdier si Jeanette ne l'avait pas mis à la porte.

Plus un bruit. Les deux hommes s'étaient arrêtés. Kodjo se pencha en avant. Il distinguait clairement leurs silhouettes. Ils étaient plantés là sans rien faire. Ils ne parlaient même pas. Ne le cherchaient pas. Il fallut quelques secondes à Kodjo pour comprendre que l'un d'eux essayait de joindre quelqu'un au téléphone.

« Nous sommes au milieu du parc, dit-il. Aucune trace de lui. »

Puis : « Oui, ils sont là eux aussi. »

Puis : « Oui… beaucoup de policiers. Mais ce n'est pas à cause de lui. Si ? »

Puis : « Le client ? D'accord... Mais on ne pourra pas le sortir d'ici sans se faire remarquer par les flics. »

Puis : « Ils sont plutôt vers les sorties. »

Ensuite, le type écouta. Tandis que son acolyte s'avançait vers le buisson où se cachait Kodjo.

Il s'approchait de Kodjo pas à pas, tout en trafiquant la fermeture Éclair de son pantalon. Le type au téléphone avait recommencé à parler. Au moment où l'autre ouvrait sa braguette dans le but de soulager sa vessie, Kodjo fit un bond hors du buisson et se lança dans un nouveau sprint.

Celui qui avait descendu sa braguette fut incapable de réagir. L'autre hésita un certain temps avant de crier : « C'est quoi ça ? » Ils mirent plusieurs secondes avant de piger la situation, permettant à Kodjo de prendre une bonne longueur d'avance.

L'un des deux s'exclama : « Il est là ! » Et deux secondes après : « On le tient ! »

C'était un mensonge, mais un autre type apparut soudain devant Kodjo et lui barra le chemin, les bras écartés, persuadé que c'était une bonne idée. Pourtant, lorsque Kodjo passa à sa hauteur, il ne put l'empêcher de le contourner. Kodjo avait désormais au moins trois personnes à ses trousses.

Il fonçait vers trois Noirs qui le regardaient d'un air incrédule, mais lorsque, après les avoir dépassés, il se retourna, les trois Noirs se bagarraient avec les hommes de Sec Tech.

*Continue tout droit. Ne fléchis pas.*

## 30

Ça aurait dû être beaucoup plus facile. Qu'est-ce qui pouvait mal tourner quand on essayait d'attraper un Noir qui n'avait aucune liberté de mouvement puisque les flics le cherchaient dans tout Berlin ? Holzmacher ralentit doucement. Le policier regarda à l'intérieur de son véhicule sans un mot et lui fit signe de passer.

Cela faisait des heures qu'ils pourchassaient ce type à travers la ville. Holzmacher fit le tour de l'Hermannplatz et chercha un endroit où se garer. Maintenant, il lui fallait entrer lui-même dans ce parc, le retrouver et… Oui, quoi ? Un Noir mort dans ce parc, c'était autre chose qu'à Moabit. Là-bas la police aurait tout de suite fait un lien avec Mandy. Mais si elle le retrouvait dans ce parc, elle ne ferait pas le rapprochement.

Le téléphone vibra. « Oui ?

— On a failli l'avoir, dit un homme sans s'être présenté.

— Ça veut dire quoi ?

— Des Africains nous sont tombés dessus.

— Où est-il maintenant ?

— Il s'est tiré en direction de l'Hermannplatz. L'un de nous lui court après. Et une autre voiture va arriver en renfort.

— Informez-moi s'il y a du nouveau », lança Holzmacher avant de mettre fin à l'appel. Il fit encore une fois le tour de la place. Il allait devoir élargir son rayon d'action.

## 31

Parfois la police pouvait vraiment vous taper sur les nerfs. Ce qu'ils avaient installé derrière la Kottbusser Tor n'était pas un barrage, mais ça y ressemblait fortement. Direction sud-est, ils avaient bloqué une voie sur deux de chaque côté et ils inspectaient minutieusement les voitures qui passaient.

Évidemment, Deniz en avait été informé. Les chauffeurs de bus savaient toujours ce qu'il se passait sur leurs parcours. Le téléphone arabe.

Ils étaient en train de faire signe de s'arrêter à une BMW. Aligné le long du trottoir, il y avait déjà un taxi, la BMW se gara derrière. Un policier regarda à l'intérieur du bus et lui fit signe de continuer sa route.

## 32

Quand le N1 approcha du pont de Potsdam, Marie appuya sur le bouton stop. Du coin de l'œil, elle avait vu un taxi suivre lentement le bus, l'enseigne allumée. Elle sauta du bus et lui fit signe. Le taxi s'arrêta, et elle y monta.

La conductrice n'était plus très jeune, elle avait des cheveux courts, teints en rouge, et elle la regardait sans sourire. Elle ne disait pas un mot, se contentait d'attendre ses directives. Marie respira d'abord un bon coup.

« Je vais où ? », fit la conductrice. Sa voix était grave. Une fumeuse.

« Hermannplatz. » Marie essuya les dernières larmes qui coulaient de ses yeux.

La femme enfonça la pédale de l'accélérateur, le taxi doubla rapidement les autres véhicules qui circulaient encore à cette heure tardive.

Le parc de Hasenheide était un véritable dédale ; même en étant très bien organisée, la police aurait besoin de beaucoup de renforts pour le boucler complètement. Et aussi de beaucoup de temps. Avec un peu de chance, Kodjo leur aurait bientôt échappé. Il ne pouvait pas être le seul Noir dans le parc à cette heure-ci. D'un autre côté, la police allait sûrement arrêter tous les frères qu'elle croiserait. Pour être honnête, elle ne savait pas vraiment comment aider Kodjo.

Le taxi s'arrêta à un feu rouge de l'Urbanstraße. La conductrice regarda furtivement Marie avant de se concentrer de nouveau sur la rue.

« Chagrin d'amour ? »

Marie fit non de la tête. Drôle de question. Elle sortit son téléphone. Anna décrocha instantanément. « Il n'est pas encore arrivé.

— Je sais, répondit Marie. Tu peux venir à Hermannplatz ?

— Pour quoi faire ?

— Je ne sais pas encore très bien. Mais Kodjo a besoin de notre aide. »

Comme Anna ne répondait pas, Marie insista : « Tu viens, d'accord ? »

Peu après, la conductrice s'arrêta à Hermannplatz. Marie paya sa course et descendit sans prononcer un mot, puis elle se dirigea vers le parking qu'elle avait indiqué à Kodjo.

## 33

La sortie qui donnait sur la rue latérale n'était pas éclairée uniquement par des lampadaires, elle l'était aussi par le gyrophare d'une voiture de patrouille.

Kodjo continua de courir tout en scrutant la sortie, à la recherche d'uniformes. Il n'en voyait aucun. Il aperçut une aire de jeux et quitta le chemin. La sortie que Marie lui avait indiquée n'était pas encore en vue, mais comme elle était censée se trouver à gauche de celle où il avait vu la voiture de patrouille, il se faufila dans la végétation. S'il pouvait contourner l'aire de jeux, il resterait peut-être hors de portée des flics.

Même dans les épais buissons, c'était plus lumineux qu'au milieu du parc. L'éclairage de la rue, les lumières des maisons et la lueur diffuse venant sans doute du parking dont Marie lui avait parlé – aux yeux de Kodjo, tout cela était beaucoup trop illuminé. Et puis, il y avait ce gyrophare.

La clôture qu'il était en train de longer séparait le parc d'une cour attenante à un grand bâtiment tout en béton.

Kodjo dut s'arrêter un instant afin de se glisser entre un buisson et la clôture. La verdure avait commencé à s'emparer du grillage. Il venait de dégager le chemin, quand il entendit un craquement derrière lui. Pas très loin.

Il se retourna. De la végétation, de l'obscurité et le reflet de toutes ces lumières. Rien d'autre. Il ne voyait personne, n'entendait plus aucun bruit. *Continue*. Il découvrit enfin le chemin dont Marie lui avait parlé. Il jouxtait la clôture et se perdait dans l'obscurité. Kodjo atteignit le bout du terrain clôturé et se retrouva face à deux cloisons bétonnées. Un escalier descendait. Puis un long couloir se terminait sur ce qui devait être le parking. Deux marches à la fois. La fatigue s'intensifiait. Il continua de courir. Aussi vite que possible.

Quand il eut atteint le milieu du passage, il se retourna. Entre les deux murs en béton, Kodjo vit l'escalier raide qu'il venait de descendre. Tout en haut des marches quelqu'un se tenait dans le halo du lampadaire et l'observait. Il téléphonait. C'était un des types de Sec Tech. Sans en être certain, Kodjo crut reconnaître le type qui était au téléphone un peu plus tôt. L'un des deux hommes qui le talonnaient depuis qu'il était entré dans le parc. Ou alors… était-ce celui avec la cicatrice ? Il lui semblait voir le bandage autour de la tête. Malgré la sueur qui coulait sur sa peau, Kodjo eut soudain très froid. Il devait disparaître. Il continua son chemin.

Le parking était vide. Soudain, il se souvint y être déjà venu. Un magasin de bricolage et des supermarchés, des murs de maison aveugles et beaucoup de place pour des voitures. Çà et là, il y avait encore des véhicules, peut-être les avait-on oubliés, ou bien ils appartenaient à des clients du casino donnant sur la rue. Kodjo avait rapidement traversé la moitié du parking sans voir aucun gyrophare. Marie avait eu raison de l'envoyer ici. L'homme de Sec Tech était loin et il faisait trop sombre pour voir s'il était toujours au téléphone. Mais la personne à qui il parlait savait où se trouvait Kodjo. Alors Kodjo continua de courir.

Devant lui, la rue. Il devait la traverser d'une manière ou d'une autre, puis s'enfoncer dans une petite rue attenante. Il ne voulait en aucun cas débouler sur l'Hermannplatz. Trop dégagée. Même pendant la journée, il y avait un tas de flics.

## 34

Schmitt était persuadé que c'était le lieu idéal pour coincer ce Noir. L'Africain venait de filer devant lui. Il avait quand même réussi à le rattraper, mais là il était en train de se volatiliser sur ce parking.

« Hasenheide, Hermannplatz, ce coin-là », dit-il au téléphone. L'Africain se tourna et regarda dans sa direction. Pendant un instant, Schmitt fut tenté de lui faire un signe désinvolte de la main. Il avait vu ça dans un film. Il avait oublié l'histoire. En tout cas, il y avait une poursuite et quand le type s'était fait attraper, un des méchants avait fait un geste très bref, la main à peine au-dessus de la hanche. En même temps, son visage avait affiché un sourire sardonique. Puis son collègue était arrivé et avait vidé son chargeur sur le fugitif.

De toute façon, l'Africain ne pourrait pas voir son rictus.

« Oui, je m'en occupe », conclut-il au téléphone. Puis il dévala les marches aussi vite que possible. Le Noir avait déjà disparu, mais il lui sembla voir son ombre de l'autre côté de la rue. Schmitt courait à allure modérée. Sans tout donner, il déployait quand même une certaine énergie. Il traversa le parking et s'engouffra dans la rue en face. Peut-être que le Noir croyait leur avoir échappé et qu'il s'arrêterait de courir.

La soirée ne s'était pas passée comme prévu. Ce qui l'emmerdait particulièrement, c'était que le type l'avait mis à terre à deux reprises. Littéralement. Il avait une bosse sur le crâne. Sans même parler de l'histoire avec le téléphone. Devait-il le signaler ? Après tout, ça s'était passé pendant son service. Sec Tech allait le rembourser. Heureusement, Mirko avait un deuxième téléphone. Étonnant : Mirko n'était pas une lumière.

Allez, vite traverser la rue. Ses poumons lui brûlaient.

## 35

Hermannplatz grouillait encore d'activité. Marie regarda sa montre. Trois heures passées. Deux petits groupes se trouvaient là, des bouteilles de bière à la main. Un groupe branché, l'autre plutôt déguenillé. Certains se roulaient des pelles, d'autres attendaient. Au coin de la Hasenheide une voiture la klaxonna. Elle la laissa passer, puis traversa. Le parking du magasin de bricolage n'était plus très loin.

Dans la rue perpendiculaire qu'elle se préparait à traverser, elle vit le gyrophare d'une voiture de police. Elle devait être pile devant l'entrée du parc. Mais s'ils avaient capturé Kodjo ou s'ils l'y avaient repéré, il y aurait plus de voitures que ça.

Quand elle porta de nouveau son regard au loin, elle vit Kodjo quitter le parking en courant. Il ne faisait absolument pas attention aux rares voitures qui circulaient, il traversa la chaussée à grandes foulées.

« Kodjo ! » lança Marie, indécise. S'il avait une raison de courir, qu'il coure. Elle se mit à courir elle aussi et atteignit rapidement la clôture qui séparait le parking de la rue. Kodjo était déjà loin, et elle comprit pourquoi il courait si vite. Une silhouette sombre s'approchait rapidement de la sortie du parking. L'homme ne courait pas aussi vite que

Kodjo, mais il était clairement à ses trousses. Marie accéléra et fonça sur le type, qui tomba contre une voiture garée. L'homme poussa un cri de douleur.

Marie continua de courir. Dans la direction où elle pensait rattraper Kodjo.

## 36

Traverser la rue sans prêter attention au trafic, ce n'était pas si dangereux à trois heures du matin. Ou à quatre heures. Mais si tu te fais percuter par une voiture, tu es quand même foutu.

Continuer de l'autre côté de la rue. L'Hermannplatz était toujours blindée de monde. Trop imprévisible. Trop de gens pour les jauger d'un seul regard. Donc s'en éloigner. Kodjo s'enfonça dans la rue transversale.

Un homme se trouvait sur son chemin. Au moment où Kodjo tenta de l'éviter, celui-ci fit gauchement un pas de côté. Du mauvais côté. Kodjo le percuta et le fit tomber. Une odeur le prit au nez, comme s'il avait renversé un tonneau d'alcool frelaté.

L'homme grogna. « Pousse-toi…, balbutia-t-il. Eh merde ! »

Kodjo n'en comprit pas davantage, il était déjà trop loin. Pendant un instant, l'homme lui fit de la peine. Il n'avait pas voulu lui faire mal. Mais il s'était mis au travers de son chemin.

*Continue !*

Il s'était fait mal à l'épaule dans la collision avec l'ivrogne.

*Continue*. Encore quelques rues. Il serait bientôt chez Anna et Marie. Et il ne quitterait pas leur appartement de sitôt.

## 37

Marie se dépêcha de traverser et bifurqua dans une rue transversale, son téléphone à la main. Kodjo devait bien être quelque part. Un ivrogne se servait du poteau d'un lampadaire pour se hisser sur ses deux pieds. L'homme la regarda et explosa de rire. Sans se préoccuper de lui, elle continua au pas de course.

« Tu es en route ? demanda-t-elle, hors d'haleine, le téléphone collé à l'oreille.

— Je vais arriver à Hermannplatz, répondit Anna. Et toi ?

— Je suis dans les environs. Je viens d'apercevoir Kodjo. Mais il a disparu.

— Disparu ? Tant mieux. Il a peut-être trouvé une cachette.

— Oui… peut-être.

— Tu es où exactement ?

— Je ne sais pas comment s'appelle la rue. Mais je vais bientôt déboucher sur Urbanstraße.

— Attends-moi là-bas. J'arrive.

— OK, j'y suis presque, fit Marie. Mais si je vois Kodjo, il se peut que je… » Anna avait raccroché.

Marie s'arrêta au carrefour. Quelques voitures circulaient. Un groupe de jeunes hommes arrivait d'Hallesches Tor. Mais sinon c'était plutôt calme. Un cycliste peinait à rouler droit. Marie regarda dans la direction d'où venait le groupe. Les types ne semblaient pas ivres.

Elle tenta encore une fois de joindre Kodjo, mais tomba sur le répondeur. « Kodjo, c'est moi… » Puis elle appuya sur la touche rouge. Sur Hermannplatz, elle ne vit Anna nulle part.

Marie essaya de se mettre dans la peau de Kodjo. S'il avait réussi à échapper à l'homme vêtu de noir, il avait peut-être semé tout le monde. Elle n'avait vu personne d'autre à ses trousses. Mais où avait-il pu aller ? S'il se cachait quelque part… Oui, peut-être qu'il était accroupi dans un coin et qu'il ne pouvait pas lui parler. Pendant un instant, elle vit Kodjo blotti derrière une poubelle et ressentit une profonde compassion.

Elle n'avait pas du tout vu venir le coup. Il y eut d'abord la douleur dans la tête. Puis l'impulsion de faire quelque chose. N'importe quoi. Rendre le coup. Peu importe qui lui avait fait ça. Mais ensuite, ses genoux faiblirent. Juste un tressaillement, une réaction qui s'était frayé un chemin à travers le corps. Ce bref sursaut l'empêcha de répliquer.

*Reste droite. Tu ne vas pas tomber !*

Les types avaient déjà poursuivi leur chemin. Sans un mot. Ne se retournèrent même pas. Ils n'avaient exprimé ni railleries, ni satisfaction. Marie porta la main à sa tête. En sentant la douleur, elle retira ses doigts. Ils étaient humides. La brève apathie se dissipa, le groupe continuait tout simplement sa route, désormais elle le voyait distinctement : ils avaient tous une bouteille de bière à la main.

Ils étaient cinq. Cinq hommes. Et l'un d'eux lui avait balancé sa bouteille sur la tête.

« Hé ! » cria Marie. Elle n'eut pas de meilleure idée.

Et aussi : « Connards ! »

Et encore : « Fils de pute ! »

L'un des types leva le bras et brandit son majeur. Comme ils étaient en train de passer sous un lampadaire, elle avait clairement vu le geste.

Marie sortit un mouchoir en papier de la poche de son pantalon.

« Vous pouvez tous crever ! » cria-t-elle. Où donc était Anna ? Elle jeta le mouchoir ensanglanté sur le trottoir. Elle devait avancer. Avec ou sans Anna.

# 38

Kodjo regarda autour de lui. Il avait atteint ce terrain sans nom. Aire de jeux, terrain de sport, parking, tout-en-un. Longer la zone. Traverser le Kottbusser Damm. Puis aller chez Anna et Marie et…

Il se retourna encore une fois. Plus personne ne le suivait. N'importe quoi. Les bars étaient encore ouverts. Des gens qui bavardaient, buvaient, fumaient, s'embrassaient. Les choses qu'on faisait en soirée. Personne ne s'intéressait à lui. On ne lui adressait même pas les regards que les Noirs récoltent habituellement. Un environnement civilisé. Les gens vaquaient à leurs affaires.

Son cœur battait à une vitesse folle. Il pivota de nouveau sur lui-même. Et encore. Et encore. Et une dernière fois. Il n'avait même pas remarqué que la pluie avait cessé. Depuis quand ? Avant qu'il monte dans le taxi ? En même temps, il commençait à sentir quelques gouttes.

Peu importe. Il sortit son téléphone. « Kodjo. » La voix de Marie. Quelle belle voix ! « C'est moi… » Comme s'il ne le savait pas. Il se rappela le contact de ses lèvres sur les siennes. Cette bouche qui disait des mots tellement beaux. Il ferma les yeux pendant un moment. Et regarda encore une fois derrière lui. Les noctambules n'étaient toujours préoccupés que d'eux-mêmes.

Kodjo se fit invisible. Pénétra sur le terrain obscur. Encore cent mètres, peut-être un peu plus, jusqu'au Kottbusser Damm. Des bacs à sable, des équipements de sport sur sol synthétique, de vieux arbres. Rester invisible. Il se sentait… Il ne trouvait pas les mots. Pas même pour lui. Pas même approximativement. Mais il y avait une légèreté.

Oui, une légèreté.

Il était comme en lévitation, c'était fou. Les deux choses étaient liées. Il pourrait bientôt rappeler Marie. Mais d'abord, il lui fallait s'adosser contre un arbre. C'était un grand arbre. Froid.

Sa tête était vide.

*Allez, Kodjo. Concentre-toi.* Un ricanement se déployait à l'intérieur de lui. Et la douleur qui bouffait tout. Avide comme un virus. Engloutissant tout.

*Pense à Marie.*

Marie.

Sa tête était tellement vide. Et cette douleur. Elle était partout. Elle emportait tout.

*Concentre-toi. Continue d'avancer.*

Il continua. Il eut un rictus. Il était à deux doigts de devenir fou.

*Pense à Marie.*

*Pense à Marie.*

Son cœur cessa de battre au moment où il entendit crisser les freins. Il s'interrompit pendant un long moment. Les bruits qui suivirent le coup de frein lui semblèrent constituer une longue dégringolade dissonante. La portière qui claquait. La projection sur l'asphalte. Les pas dans le sable. Le halètement qui s'approchait.

Kodjo était en train de se baisser lorsque la silhouette fondit sur lui. Il faisait trop noir pour distinguer les contours, il était trop fatigué pour les différencier. La chose lui tomba dessus comme un marteau et le frappa encore et encore. Il encaissa quelques coups, la plupart au visage, avant de réussir à bouger les bras. Il tenta d'écarter la personne penchée au-dessus de lui. Petit à petit, il retrouva sa capacité à coordonner ses mouvements. Il comprit que les multiples bras qui le frappaient n'étaient en fait que deux. Il en attrapa un, tenta de saisir l'autre. Et sentit le sang couler dans ses yeux.

Kodjo réussit à parer un coup de sa main restée libre. Puis un deuxième. Il sentit venir le suivant et l'esquiva. Son adversaire perdit soudain l'équilibre et chancela. Kodjo profita de ce moment d'incertitude et frappa la masse. Il répéta le geste. Dans sa tête, il était déjà reparti. Dégage !

Il se focalisa encore une fois. Rassembla toutes ses forces, sa concentration et la haine accumulée pendant la journée. Prit autant d'élan que possible et envoya violemment son poing dans ce qu'il prenait pour le visage de l'autre. Il y eut un craquement, mais il n'eut pas le temps d'avoir peur. Il se détourna.

Et courut.

Peu après, il entendit l'autre type courir derrière lui.

## 39

À l'approche du pont de Cottbus, Deniz Ortaç était énervé. Il était plus fatigué que ce qu'il avait imaginé. C'était devenu une nuit plus stressante que ce qu'il aurait aimé. Deux ivrognes se traînaient depuis l'Ankerklause vers le pont. Deniz leva le pied de l'accélérateur, freina légèrement et laissa le bus terminer sa course. Une jeune femme descendit. C'était vite fait. Mettre le clignotant, et voilà qu'il était de nouveau sur le Kottbusser Damm. Patienter un instant parce qu'un idiot s'était mis en double file devant le kebab. Contourner la Polo et freiner doucement. Un arrêt tous les quelques mètres. C'est pour la paix sociale, se disait-il toujours. Tout le monde a droit à un chez-soi. Et dans certains pays, on a aussi le droit de rentrer chez soi en sécurité. C'était son devoir. Il se remit en route.

La Mercedes roulait beaucoup trop vite et la Porsche qui le suivait n'avait rien à lui envier. Deniz laissa passer les deux voitures. Accéléra. Mais pas trop. Bientôt, il serait de nouveau obligé de s'arrêter. Quelqu'un dans le bus avait actionné le signal « stop ». Deniz enfonça encore une fois la pédale de l'accélérateur. Certes, les bus de nuit étaient lents, mais quand même pas aussi lents que des promeneurs.

Encore un peu ; ici, il atteignait souvent un peu plus que quarante kilomètres-heure, avant de ralentir de nouveau.

Il les vit d'abord du coin de l'œil. Ne comprit pas ce qu'ils étaient en train de faire. Deux hommes. Vêtus de noir. Encore à une certaine distance. Ils se trouvaient entre les voitures et… Qu'est-ce qu'ils fabriquaient ?

Une moto doubla le bus. Puis un taxi. Et un autre taxi.

Et là Deniz comprit.

Les deux hommes se battaient. Il vit le bras de l'un fondre sur la tête de l'autre. Le deuxième lui rendit son coup. Lourd. Massif. La dynamique des coups n'était pas celle d'une bagarre de soûlards. Leur dispute ne portait pas sur le foot. Elle était primitive. C'était une question de vie ou de mort.

Un appel de phares l'irrita. Son pied droit s'apprêtait déjà à actionner la pédale de frein. La petite voiture de sport arrivait à toute vitesse. Elle était toujours derrière le bus, mais on ne pouvait pas la louper. Encore un appel de phares.

Puis le véhicule se déporta. Les deux hommes se battaient toujours, inconscients de ce qui se passait autour d'eux. La voiture de sport glissa un peu. Pas beaucoup, mais quand même. Le conducteur ne cessait d'actionner les phares. Deniz ne savait pas trop ce qu'il devait faire. Il freina doucement. La lutte entre les deux hommes se fit plus violente. Il perçut très vaguement un coup plus fort, qui fit chanceler l'un d'eux.

La voiture de sport était arrivée à la hauteur du bus. Le temps d'une fraction de seconde. Deniz regarda à gauche. Le conducteur accéléra et le véhicule disparut une fois pour toutes. L'un des deux combattants fit un pas sur la chaussée.

La distance qui les séparait n'était plus que de quelques mètres. Bien plus tard, Deniz se rappellerait qu'il avait vu l'un des hommes pousser l'autre, mais, sur le moment, son attention avait été accaparée par le chauffard dans la voiture de sport. L'homme poussé sur la chaussée était noir. C'est ce qu'il comprit ensuite.

La voie à côté du bus était libre. Et si le Noir l'avait su, rien de ce qui allait suivre ne serait arrivé. Le Noir se trouvait au milieu de la voie du bus. Il le voyait arriver. Tout était trop soudain pour Deniz, pourtant il avait la tête claire et savait ce qu'il faisait. Son pied s'avançait vers la pédale de frein.

Mais voir le Noir retrouver l'équilibre et même se libérer de la dynamique déclenchée par la poussée influença Deniz.

En réalité, le ralentissement de ses réflexes résultait de son trouble. Cette putain de voiture de sport ! Sans doute aussi parce qu'il avait mis trop de temps à deviner ce qui se passait au bord du trottoir.

Lorsque le Noir eut réussi à se redresser, Deniz venait de poser son pied droit sur la pédale de frein. Et ces deux mouvements ne s'accordèrent pas. S'il n'appuya pas à fond sur la pédale, c'était parce que le Noir avait disparu. Et quand le Noir fut poussé une nouvelle fois, il venait juste de lâcher le frein. Il aurait pu réagir à temps, se dit Deniz plus tard, s'il ne s'était pas autorisé à relâcher la pédale de frein.

Alors le bus continua d'avancer. Deniz ne pouvait plus rien y changer. Le Noir l'avait compris lui aussi. Il voyait venir la collision, métal contre corps, et il savait qui serait le perdant. C'était une évidence pour lui. Deniz le lut dans ses yeux. Des yeux si lucides. Comme si cette fin avait quelque chose de logique. Deniz aussi s'était résigné. Le cauchemar de n'importe quel chauffeur de bus.

Lorsqu'il enfonça enfin la pédale de frein, il vit que le Noir n'était pas seul. Il tirait quelque chose. C'était l'autre homme qu'il agrippait fermement. Alors que Deniz regardait le Noir, il remarqua soudain les bras de l'autre. L'homme se débattait comme un oiseau mourant emporté par la marée, quand il comprit – beaucoup plus tard que le Noir – qu'ils partageraient le même sort. Il tenta encore de se débarrasser de sa veste, car c'était elle que le Noir empoignait. Probablement, le Blanc avait poussé le Noir. Alors le Noir l'avait saisi par ses vêtements.

Le Noir le fixait. Deniz avait déjà son pied sur le frein. Le bus glissa. La pluie. En mettant tout son poids sur la pédale de frein sachant pourtant que cela ne suffirait pas, Deniz tourna la tête vers le côté et vit l'homme blanc. Il avait l'air complètement paniqué. Pendant un instant, leurs regards se croisèrent. Alors que le bus continuait de glisser.

Encore plus tard, lorsque Deniz eut accepté l'inéluctable, il vit une troisième personne sur la chaussée. Une femme qui se précipitait sur la voie, quelques mètres plus loin, et qui écartait les bras comme si elle pouvait arrêter le bus de cette manière. Elle s'était simplement postée là. Yeux clos. Bras écartés. Plus tard, beaucoup plus tard, lors de l'interrogatoire par la police, cette femme lui reviendrait à l'esprit. Il se souviendrait qu'elle aussi était noire. Mais elle avait disparu.

Ensuite arriva ce qu'aucun conducteur de bus ne voulait jamais vivre. Pire que l'attente et pire que la certitude d'une telle collision. Car on apprend à vivre avec tout. Mais ces cahots que tu ressens quand ton bus roule sur un corps…

Ça, ça ne s'oublie jamais.

## *Remerciements*

Merci à Dorothee Plass, Gerda Heck et Martin Baltes qui m'ont soutenu et conseillé pendant le processus d'écriture. Merci à Anette Hoffmann et Julia Oelkers qui furent les premières lectrices du texte achevé et qui m'ont aidé à comprendre que je ne faisais pas entièrement fausse route. Merci aussi à Burkhard Schirdewahn et Klaus Viehmann qui ont lu le livre avant sa composition et qui m'ont préservé de beaucoup de bêtises. Puis à Abdel Amine Mohammed qui a partagé avec moi des expériences qu'un Blanc ne peut pas faire à Berlin. Merci également à Barbara Wessel à qui je dois une vision en profondeur du droit de séjour. Et, pour finir, merci à William Awusi et Sevgi Ortaç qui ont accepté de me prêter leurs noms de famille pour ce livre.

*Composition et mise en pages*
*Nord Compo à Villeneuve-d'Ascq*

MIXTE
Papier
FSC FSC® C003309

L'éditeur de cet ouvrage s'engage dans une démarche
de certification FSC® qui contribue à la préservation
des forêts pour les générations futures.

Pour en savoir plus :
www.editis.com/engagement-rse/

CET OUVRAGE
A ÉTÉ ACHEVÉ D'IMPRIMER
SUR ROTO-PAGE
PAR L'IMPRIMERIE FLOCH
À MAYENNE EN SEPTEMBRE 2020

N° d'impression : 96724
Dépôt légal : octobre 2020
*Imprimé en France*